愛を知らぬ令嬢と天狐様の政略結婚

クレハ

JN048141

STARTS
スターツ出版株式会社

目次

愛を知らぬ令嬢と天狐様の政略結婚

プロローグ

ついこの間、五歳になったばかりの真白《ましろ》は、涙を流すことなく火葬場の煙突からゆらゆらと上る白い煙を見ていた。

最愛の母親を燃やして立ち上る煙。

その様は、まるで魂が天へ還っていくようだった。

数日前までいつも通りだったのに、たった一瞬の過ちが真白の生活を大きく変えてしまった。

「真白……」

目を赤くさせた父親がゆっくりと歩いてきて、汚れるのもかまわず地面に膝をついて真白を抱きしめた。

「すまない。すまない、真白……っ。私があんな頼み事をしなければ、こんなことにはならなかったのに……」

父親は真白に向かって謝罪する。

嗚咽《おえつ》をこらえてはいたが、その目からはとめどなく涙が流れていた。それだけで、いかに父親が自分を責めているのかが分かる。

「お父様のせいじゃないよ」

真白は泣く父親を小さな腕で抱きしめ返した。

はっと息をのむ父親は、たまらず嗚咽を漏らす。

「うっ、くっ……。真白……。すまない。すまない……」

真白はそんな父親の頭を一生懸命撫《な》でた。

幼いながらに真白はちゃんと分かっていた。父親に責任はいっさいないと。

ただ、運が悪かっただけなのだ。

どうしてこんな事態になったのか、そもそものきっかけは父親が忘れ物をしたことだった。

母親は父親から連絡を受け、タクシーに乗って父親の会社に向かった。

その途中で、居眠り運転をしていた大型トラックがタクシーに突っ込んできて、事故にあったのだ。

母親の命はあっけなく散ってしまった。

悪いのは、居眠り運転をしていたトラックの運転手。

それなのに父親は、妻を死なせてしまい、そして真白から母親を奪ったと自責の念に苦しんでいる。

泣くしかできないでいる父親と対照的に、真白は泣かなかった。

母親の死を理解していなかったわけではない。幼いながら、もう母親には会えないのだとちゃんと分かっていた。

それでも、真白は泣かない。

「お父様、泣かないで。そんなに泣いてると、お母様が心配しちゃうよ？　大丈夫だよ、真白がいるからね」

「真白……っ！」

母親を亡くしたというのにひと雫《しずく》の涙すら見せない真白を、父親は痛ましそうに顔を歪《ゆが》め強く抱きしめた。

母親がよく口にしていた言葉がある。

『笑って、真白。どんなつらい時でも笑顔を忘れないでね。そうしたら、きっとあなたも周りの人も幸せにしてくれるから』

だから、真白は泣かない。

『私は真白の笑顔が大好きよ』

そう言って笑った母親の顔が脳裏に焼きついている。

だから、どんなに悲しくても、笑顔を絶やさない。

優しい母親が褒めてくれた笑顔を。

真白は空に向かって無理やり笑う。少し目が潤んでいたが、これぐらいは母親も許してくれるだろう。

「大丈夫だよ、お母様。真白は強い子だもの」

真白の強い意思を宿した声が空へと消えていった。

一章

母親の死からずいぶんと時は経ち、真白は二十歳になっていた。

裕福な家の子が多くいる女子短大に通っていたが、その短大ももうすぐで卒業だ。

短大内にあるカフェで、真白は友人たちと卒業後の進路について話をしていた。

真白の友人には、富裕層の子だけでなく、一般的な家庭出身の子もいるので、その進路は本当にさまざま。

「やりました！　第一志望の会社に合格です！」

そう力強く拳を握るのは、奨学金で通っている一般家庭出身の子だ。

一般家庭といっても、礼儀作法の講義が必修科目となっているので、多少の粗が目立つものの、その所作は綺麗《きれい》だ。

さすがに子供の頃から礼儀作法を習っている真白のような富裕層の子と比べてしまうと見劣りするが、それは仕方がない。

しかし、生まれの違いに関係なく、真白は友人たちと良好な関係を築いている。

真白と他の友人たちは、希望した道に進む友人の門出を拍手しながら我が事のように喜んだ。

「素晴らしいです！」

「よかったですね」

拍手を送られはにかむ友人を、真白も微笑ましく見つめた。

すると、目が合った真白へと話が移る。

「真白さんも卒業後は就職でしたよね？」

「はい」

五歳だった子供とは違う、立派に、そして美しく成長した真白。濡《ぬ》れ羽色《ばいろ》の長い髪は真白が動くたびにさらりと流れ、年齢のわりには幼くあどけなく見えるパッチリとした目が柔和に細められる。

そんな真白の家である七宮《ななみや》家は多岐にわたる事業を行っており、そのどれもが成功を収めているので、一般的にもよく知れた有名な資産家だ。

おかげで真白は、幼くして母親を亡くしてしまった以外は何不自由ない生活を送ってきた。

しかし、その母親を亡くしたという一点こそが真白の成長に大きな影響を与えた。

最愛の妻を亡くし、真白から母親を奪ってしまったと責める父親は、母親の死後、かなりの過保護になった。その前から過保護ではあったのだが、さらに磨きがかかったのである。

蝶《ちょう》よ花よと大事に大事に育てられた結果、あまり人の悪意というものを知らずに過ごしたため、少々マイペースな女性に成長してしまった。

しかし、真白の記憶の限りでは亡くなった母親もたいがいマイペースだったように思うので、ただの遺伝かもしれない。

その上、真白が通ってきた学校は、中学、高校、短大とずっと女子校。

周囲には似たように箱庭で大事に育てられたお嬢様がほとんどで、のんびりとしたタイプが多い。

そんな環境の中にいるので、真白がおっとりとした性格になるのも当然というもの。

「卒業後は、お父様の跡を継ぐために七宮の会社に入る予定です」

話し方からしておっとりした性格が透けて見える真白の言葉に、ひとりの友人が羨ましそうに声をあげた。

「私も就職して社会経験というものを一度経験してみたかったわ」

ほうっと憂鬱そうに息をつく。

けれど、真白を含めた友人たちはクスクスと笑った。

「なにをおっしゃっているの。あれだけ惚気《のろけ》ておいて、今頃マリッジブルーかしら？」

からかうように笑ったのは、先ほど希望する会社に受かった友人だ。

指摘された友人は途端に頬を赤くさせる。

「もう、やめてくださいな。私はほんとに羨んでいるだけなのに」

怒っているように見えるが、ただ恥ずかしさを隠しているだけだろう。

それが分かっているだけに、真白たちは笑いが止まらない。

真白の通う短大には、子供の頃から親が決めた婚約者がいる子がかなりいる。一般的な家庭で育った子からしたら、この現代社会で政略結婚なんてとびっくりされるが、お金持ちのお嬢様には別に珍しいことではなかった。

就職を経験したいと口にした友人もその例で、卒業したら許婚《いいなずけ》と結婚する予定である。

政略結婚というと強制されたように感じるかもしれないが、彼女は婚約者と良好な関係を築けていて、早く結婚したいと事あるごとに惚気ていた。

そのため真白も他の友人も、どの口が言うのかというあきれとともに、友人の嬉《うれ》しそうな姿に幸せのおこぼれをもらうのだ。

「私のことはさておき、真白さんにはいらっしゃらないの？」

「私ですか？」

「ええ。だってこの中で一番の家柄は七宮家ではありませんか。婚約者のひとりやふたりや十人、候補ぐらいいてもおかしくありませんのに」

「十人って……」

それはさすがに多すぎて、真白は苦笑いしてしまう。

「ほんとですよね。いっさいそんなお話を聞きませんもの」

他の友人も続けて頷《うなず》く。

今この場にいる友人の中で婚約者がいないのは、一般家庭出身の子と真白だけ。

短大の中でも上位にいる資産家の出身である真白に決まった相手がいないのは、友人たちからすると不思議に映るのだろう。

「我が家はお父様が過保護ですからねぇ」

真白は困ったように頬に手を当てる。

「それに私は跡取りですから、伴侶となる方も厳選しているのかもしれません。下手な者に七宮を名乗らせるわけにはいきませんもの」

「なるほど」

「言われてみるとそうですわね」

友人たちを納得させられたようだが、父親の過保護さが一番の理由であるのは間違いない。

一般的にも有名な七宮の跡取りである真白に、これまで結婚の打診が来なかったはずがないのだ。しかも年頃となった今になってまで父親から話のひとつも出ないのはおかしいと常々思っていた。

絶対に父親が握りつぶしていると真白は確信している。

真白としても、政略結婚ではなく好き合って結婚した両親のように、相手を見つけたいと願っているので、父親に結婚相手について聞くことはなかった。

なので、これまでは特に気にしていなかったが、短大卒業に伴い友人の多くが結婚に向けて進んでいく。七宮の跡取りとして、少しは焦った方がいいのかもしれない。

「真白さんなら親が決めなくても、就職先でいい方を見つけるかもしれませんね」

「あら、社内恋愛ですか？　それも素敵ね」

真白そっちのけで目をキラキラさせる友人たちに、苦笑いする。

「私も両親のような恋愛婚に憧れるのですけどねぇ。でも、政略結婚というのはどんな感じなのでしょう？　皆さんの惚気話を聞いていると、それはそれで問題ないように思います」

なにせ、親に強制されたとは思えない惚気っぷりを常日頃から聞かされているのだ。

おかげで政略結婚に否定的にならずにいられる。

「お父様が結婚相手を見繕ってくる気があるのか、まだ分かりませんけれどね」

たぶんだが、今のところないなというのが真白の意見である。

すると、卒業後結婚する友人が発言する。

「政略結婚もよいものですよ。確かに選択肢はあってないようなものですが、本気で嫌なら両親も耳を傾けてくれますし、家同士のつながりのためゆえに相手への気遣いは欠かしません」

「なるほど。そういうものですか」

「ええ。私の場合は業務提携があって決まった結婚ですが、だからこそきちんと私を立ててくださいます。要は相手への尊敬の念と心配り次第。それは友人でも家族でも一緒でしょう?」

「その通りですね」

やはり当事者からの言葉は説得力があるなと、真白は感心した。

「私にもいつかそのような方が見つかるでしょうか?」

「真白さんなら大丈夫です!」

なんとも無責任な励ましだったが、それでも真白を勇気づけた。

政略結婚か恋愛婚か分からないけれど、どちらに転んでも相手への敬意は忘れないようにしようと心に刻む。

卒業式までもう少し。真白は寂しく感じながらも、楽しみにしていた。


「ただいま戻りました」

「お帰りなさいませ」

家に帰ると、お手伝いさんが出迎えてくれる。

彼女は母が存命の時から務めてくれているので、もはや真白にとって〝第二の母〟と言っても過言ではない。

もとは母親が実家から連れてきたお手伝いさんだとか。幼い頃はよく母親の昔話を父親と聞きながら、母親を偲《しの》んだものだ。

そのたびに父親は大号泣していたのも、今では笑い話である。いや、今でも母親を思い出しては泣くので、過去の笑い話ではない。

いつまで経っても父親は母親を愛しているのだ。それが痛ましくもあり、微笑ましくもある。

お手伝いさんは母親を思い出させるような優しい微笑みを浮かべている。

「真白様。オーダーしていたスーツが届いておりますよ。お部屋に届けておきました」

「ありがとうございます」

もうすぐ就職する真白専用に、スーツを十着ほどオーダーメイドしていたのだ。

父親も利用している店なので信頼もあつい。きっとサイズもぴったりで着心地のいい仕上がりになっているだろう。

真白が二階にある部屋へ向かうべく階段を上がっていると、ちょうど下りてくる女の子とばったり鉢合わせた。

染めたことのない黒髪を持つ真白とは反対に、金に近い茶色に染めた髪を緩やかに巻いている。

耳にはピアスをし、その年齢ではいささか濃いようにも思えるメイクも、気の強そうな吊《つ》り上がった目尻も、真白とは真逆の雰囲気を持っていた。

「莉々《りり》さんはもうお帰りになっていたんですね」

真白はにっこりと微笑んだが、莉々と呼ばれた女の子は嫌そうに顔を歪め、無言で真白をにらみつけて行ってしまった。

「あらあら。やはり嫌われているのでしょうか？　それとも反抗期？　できれば仲良くしたいのですけどねぇ」

困ったように頬に手を当てる。

莉々は真白の三歳離れた義妹だ。

五歳の時に母親が亡くなって以降、生涯母親だけだと誓い、どんな再婚話も突っぱねていた父親。だが、とうとう一年ほど前に親戚からの圧力に負けて再婚した後妻の連れ子が莉々である。

七宮の家は由緒正しい家柄である上、親戚とのつながりが強いために、父親も小うるさい年寄りの親戚たちを抑えきれなかったのだ。

真白という女の子しか子供がいなかったのも、年寄りたちが耳にタコができるほど再婚を勧めてきた理由である。

いまだ男が跡を継ぐものだという古い考えの者が思った以上に多かった。

父親は真白が婿を迎えればそれでよいと考えていたのに、年寄りたちは独り身であるのを断固として許さなかったのだ。

父親は散々抵抗したようだが残念ながら再婚が決まり、真白へ報告してきた時には大号泣しながら謝り続け、逆に真白が慰めるというおかしな事態に。

あまりにも父親がギャン泣きするものだから、真白が嫌だと我儘《わがまま》を言ったり父親を責めたりする隙もないほどであった。

これだけ全身で拒否している父親に文句をぶつけようものならショックを受けて寝込んでしまいかねないと、真白は大人になるしかなかったのだ。

そもそも真白自身もいつか再婚の話が出てくるだろうと覚悟していたのもある。

前々から親戚に『新しいお母さんが欲しいだろう?』とか『やはり男の跡取りが必要だ』とか『お父様に再婚するよう真白ちゃんからお願いしてみたらどうかな?』などと言われていた。

それを、母親を亡くして時が経っていない子供に向けるのだ。いくらなんでも神経を疑う。

今なら笑って聞き流す術を持っているが、子供には難しい。幼かった当時はただただ悲しかった。

親戚たちは娘からのお願いなら父親も再婚に気持ちを傾けるとでも思ったのだろうが、母親と真白に対する父親の愛情をなめていた。

素直な真白は親戚からの話を真に受けて、すべてを父親に伝えていた。それを聞いた時の父親の顔ときたら……。

般若も真っ青な顔を真白はしばらく忘れられず、般若に追いかけられる夢を何度も見たほどだ。

真白の気持ちとしても、新しい母親なんて欲しくなかった。父親がいてくれるからそれでよかったのだ。誰よりも母親を愛し、亡くして悲しんでいるのが父親だと分かっていたから。

しかし、抵抗虚しく再婚を受け入れざるを得ない状況下へと追いやった親戚たちの粘り勝ちだった。

ただし、父親も年寄りたちの思惑には乗ってやるものかと、義母と寝室をともにしたことは一度もない。

当然、跡取りが生まれるはずもなかった。父親のせめてもの抵抗である。

そんな父親の態度を不満がって出ていってくれたらよかったのだが、義母はしたたかな人だった。

七宮家で贅沢《ぜいたく》な暮らしができるなら問題ないらしく、なんとも充実した生活を送っている。

それならその贅沢をできなくしてやろうかと父親が悪い顔をしていたが、七宮家で虐げられているなどとよからぬ噂《うわさ》を立てられても困ると真白が止めた。

義母は名女優も真っ青の演技派なのだ。七宮に嫁入りできるよう親戚の年寄りたちを転がす程度には。

父親は舌打ちしつつも、仕方なく義母の好きなようにさせている。

そんな義母の娘である莉々は、七宮での暮らしに少々不満のようだ。

生活においては真白と同じく何不自由なく暮らせるよう整えてある。だが、だからこそ気に食わないのかもしれない。

再婚前、莉々の実の父親は事業の失敗により蒸発。義母と莉々を置いてどこかへ消えてしまった。それにより一時期はかなり貧乏な生活を送っていたらしい。

真白も詳しくは知らないが、その環境はかなりひどかったという。

一方で、真白は大切に、すべての害悪から守られるようにして生活していた。

のほほんとしている真白の存在そのものが嫌いなのだろう。自分と真白の境遇を比べているのかもしれない。

直接聞いたわけではないが、それらしいことを匂わせる言葉はぶつけられたので、まず間違いない。

自由気ままに生活している義母と違い、莉々はいつもどこかピリついている。

警戒していると言えばいいだろうか。七宮家での生活に心を許していないのが分かる。

真白は父親に再婚を強要した親戚に少々思うところはあるものの、莉々自体になにか含むところがあるわけではない。

せっかく同じ屋根の下で暮らすなら仲良くしたいという気持ちでいるのだが、莉々はそうではないようだ。

「……まあ、莉々さんもお年頃ですもの。いろいろありますよね」

莉々の態度をそんな簡単な言葉で片付けると、次の瞬間には何事もなかったように真白の頭の中は届いたスーツでいっぱいになる。

部屋のクローゼットには、お手伝いさんが言う通りスーツが並べられていた。

そのうちの一着を試着してみるが、オーダーメイドだけあって体にフィットし、体の線を綺麗に見せてくれている。

スーツの出来に満足した真白は、大きな姿見に映っている自分をじっと観察する。

成長するに従い、だんだん母親に似てきたと我ながら思う。

「お母様が生きていたら喜んでくれたかしら……」

もう母親の記憶はおぼろげになっており、優しい笑顔は写真の中でしか見ることができない。

それでもまだ忘れていない記憶もある。

熱を出した時にずっと付き添ってくれたこと。自分を呼ぶ優しい声。残してくれた言葉。

忘れないように何度も何度も頭の中で繰り返した記憶が、真白を勇気づけてくれた。

真白は鏡に向かって微笑む。母親に似てきた顔で、精いっぱいの笑顔を浮かべる。

「大丈夫です。私は強い子ですから」

夜になると、父親が帰ってきた。

「ただいま～、真白」

出迎える真白に相好を崩す父親は、自他ともに認める親馬鹿だ。

母親が亡くなった当初は何歳も老けて見えていたが、もとより若くして母親と結婚し真白を授かったので、まだまだ若々しく生気にあふれている。

出迎えた真白を見つけるや、軽くハグをする。

「おかえりなさいませ、お父様」

コートを脱いだ父親とともにダイニングルームへ向かうと、すでに義母と莉々は着席していた。

途端に顔をしかめる父親に、真白は小さく笑う。

義母と莉々のいる日常に最初こそ違和感があった真白も今は気にならなくなってい

たが、父親はいつまで経っても慣れないようだ。

義母を前にするとどうしても顔が自然と嫌そうに歪むのである。これはもう条件反射だろう。

父親は憮然《ぶぜん》とした表情で席に着く。

お手伝いさんが料理を持ってきてくれるのを合図に食事が始まっても、父親は義母と莉々を視界に入れないようにただ真白の方にだけ顔を向けている。

もういい大人なのに、なんて子供っぽい態度だろうか。

父親は義母にある程度の贅沢は許しているものの、毎月に決めた金額以上のお小遣いは与えないようにしている。

どうやら今月はすでに使い切ってしまったのか欲しいアクセサリーを買うにはお金が足りないらしく、父親におねだりしているのに、無視されていた。

父親は親戚から文句を言われないように結構な金額を渡しているはずなのだが、足りなくなるほど使い切るとは、義母の浪費はかなりひどい。

「真白の卒業式ももうすぐだな。お父様も必ず出席するからね」

すがすがしいほどのガン無視。父親はまるでふたりの存在が見えていないかのように真白にだけ話しかける。

ぴりっとするなんとも殺伐とした空気が流れるも、父親の味方でいたい真白は、義母に助け舟を出すことなく困ったように微笑む。

そんな真白を見た父親はでれっと笑み崩れた。

「真白はますますお前のお母さんに似てきたなぁ。お母さんは本当に慎ましやかで、品があって、優しくて、私の最高の妻だ。金をせびるしか脳がないどこぞの誰かとは大違いだな」

そう言い、父親は「あははっ」と軽快に笑う。

『どこぞの誰か』が誰を指しているかは言わずとも知れた。

母親の話をすると義母がそれはもう鬼の形相で真白をにらみつけてくるが、完全なとばっちりだ。

真白はなにも言っていないのに、これでもかとガンガンに煽《あお》りに行くのだから困った父親である。

「あなた！　聞いてるの⁉」

さすがにたまりかねたのか、義母が声を荒らげ立ち上がる。

しかし、父親は絶対零度の凍えるような眼差しを向け、義母をひるませた。

「ゴミ虫がキーキーとうるさいようだな。『あなた』だと？　そのように私を呼んでいいのは妻だけだ」

「わ、私はあなたの妻よ！」

「勘違いするな。仕方なく再婚したが貴様を妻と認めたつもりはない」

低く脅すような声色に、義母も父親を恐れて声をなくす。なにせ義母を見るその目は、殺気すら感じるものだった。

さすがにこれ以上は笑って見過ごすわけにはいかないと、真白は父親の手に触れる。

「お父様、そのくらいで」

「真白がそう言うなら仕方ないなぁ」

ころっと笑み崩れる父親は、先ほどと同じ人物とは思えない。

困った人だと、真白も苦笑いすると同時に安心もした。今もなお父親が愛しているのは真白の母親だけなのだと。

父親は、再婚を現在進行形で悔いている。

義母もまた親戚たちから再婚を強要された被害者だったら、父親もここまで冷たい態度を取らなかったかもしれない。

けれど、積極的に親戚たちへ働きかけたのが義母自身だったと、結婚した後で親戚たちが話しているのをこっそり聞いてしまった父親は、甘い顔は見せないと誓ったようだ。

そんな義母が連れてきた莉々のことも父親は嫌っている。義母と同じく媚《こ》びてくる目つきが気に食わないのだそうな。

だから、義母とは再婚したものの、莉々と養子縁組はしていない。今後する気もないようだ。

義母がどれだけ頼んでも、自分の娘は愛する妻が産んだ真白だけだと言ってはばからない。父親にとってそこは譲れない一線らしい。

本当に困ったものだとあきれつつも、父親の言葉を嬉しいと思っている自分は性格が悪いのかもしれないと、真白は内心で苦笑する。

すると、欲しいものを得られなかった義母の矛先が真白へ向く。

「ああ、そうだわ。真白さんももうすぐ卒業よね、卒業したらどうするのかしら？」

「私はお父様の跡継ぎですので、今後のために七宮の会社で働く予定です。早く仕事を覚えてお父様の手伝いをできるように頑張ります」

「あら、それはいけないわ！」

まるで舞台女優のように大げさに声をあげる義母は、ニヤリと笑う。

「真白さんは女の子なんですもの。仕事なんてするより、早くいい方を見つけて結婚するべきじゃないかしら？」

義母はまるで真白を心配してあげているんだぞと言わんばかりの表情で続ける。

「七宮のことは気にせず、結婚してお嫁に行った方が真白さんのためよ。ねえ、あなたもそう思うでしょう。早くいい嫁ぎ先を探してあげてくださいな」

と、義母は父親に訴えかける。

しかし、それは父親の逆鱗《げきりん》に触れた。ダンッ！と父親の拳がテーブルに拳を叩《たた》きつけられる。

びくっと体を震わせたのは、義母と莉々。真白は「あらあら」と微笑みながら頬に手を当てている。

「真白はこの七宮の跡取りだぞ！　婿をとっても、嫁に出すことは絶対にない！　なにを勘違いしてるんだ、貴様は！」

あまりの剣幕に怯《おび》える義母を父親はにらむ。

「何度も同じことは言わんぞ。真白こそがこの七宮の跡取りだ」

父親の宣言後、空気の悪い食事が終わり、義母と莉々は逃げるように自室へ帰っていった。

「お父様、ちょっとやりすぎたのでは？」

「ふんっ！　真白を追い出そうとするような奴に慈悲をかけてやる必要はない。真白こそ、もっと怒っていいんだぞ？」

「私はあまり気にしていませんから」

本心だったので真白はほんわか微笑んだが、父親は深いため息をつく。

「好きの反対は無関心とはよく言ったものだ」

「別に無関心というわけではないんですけどね」

　ただ、怒るほどではなかったというだけだ。

　そもそも真白が怒ること自体あまりなかった。

　自分が人よりズレた感覚をしているのは自覚していたので、真白もどうしたものかと悩んだこともあったが、どうこうできるものでもない。これが自分なのだと受け入れるだけだ。

　食事を終え二階の自分の部屋へと移動する真白は、再び階段で莉々と鉢合わせた。

　気にせず上っていくと、すれ違いざまに莉々がわざとらしくぶつかってきた。

　ぐらりと傾く体。

「あ……」

　上っている途中だったのでさほど高い位置ではなかったが、バランスを崩した真白は階段から落ちてしまう。

　したたかに体を打ちつけた上、どうやら変な方向に足首をぐねらせた。足首に走った痛みに顔を歪める。

「痛っ」

　床に座り込み足首を押さえる真白を、莉々が階段から見下ろして笑っている。

「なにをしてるんだ！」

はっとして声の方を向けば、父親の姿があった。ちょうど通りかかったらしい。

「あらあら、どうしましょう」

瞬間的に思ったのは、莉々が父親に怒られてしまうという心配だ。真白が慌てる必要などないのだが、なぜかおろおろする。

「真白、大丈夫か!?」

「はい。私は大丈夫です」

本当は足首が痛かったが、それを言おうものなら父親が激怒するのは目に見えていた。いや、すでに激怒しているので嘘《うそ》をつく意味はないかもしれない。

真白は立ち上がろうとするが、やはり足首が痛み、立ち上がる途中でよろめいてしまう。そんな真白の異常に気がつかない父親ではなかった。

「足が痛いのか?」

「えっと……」

真白の異変を目ざとく見つけた父親は、親の仇《かたき》でも見るような眼差しで莉々を見据える。

さすがの莉々も父親を前に強気な態度ではいられないようで、今にも逃げたそうだ。

しかし、やすやす逃がす父親ではない。

「真白を殺す気か!」

「お、お父様……」

殺す気かは言いすぎである。落ちて怪我はしても、死ぬような高さではなかった。

莉々は蛇ににらまれた蛙《かえる》のように声を発せないでいる。

父親は今にも殴りに行きそうな勢いだったので、真白が慌てて取りなす。

「お父様、ここは穏便に。私は本当に大丈夫ですから」

真白が微笑みかけると、父親はふうふうと怒りを落ち着かせるように深呼吸をする。

「……お前は三カ月、小遣いの支給を止める」

そんな言葉を投げつけると、真白を抱き上げ莉々に背を向けた。

向かったのは、リビング。ここは母親との思い出が特に多い場所で、生前はよく集まって家族団欒《だんらん》を楽しんだものだ。

家具の上には母親と一緒に撮った写真が至るところに置いてあり、微笑みを浮かべている。

生前使っていた母親の部屋とこのリビングだけは、義母と莉々を立ち入り禁止にしている。父親が義母たちを家に迎え入れる時に断固として拒否したのだ。思い出まで汚すのは許さぬとばかりに。

実際、再婚前に義母は母親の部屋にこっそり忍び込み、遺品を勝手にあさって壊した前科があった。

その時の父親の怒りようは、さすがの真白も止められなかったほどだ。

父親は真白をリビングのソファーに座らせると、真白の足を確認する。

怒り冷めやらぬ様子の父親に、真白は困った顔をしながら安心させようと声をかける。

「大丈夫ですよ、お父様。ちょっと捻っただけです」

「十分大罪だ。早くあれらを追い出すべきだな。最初は母親の方はまだしも娘の方はマシかと思っていたのに、やはり蛙の子は蛙ということか」

父親はいつも義母や莉々の名前を呼ばない。

彼女たちには名前を呼ぶ価値すらないというように、いつも『あれら』だとか、『あれ』、『娘の方』、『母親の方』などである。父親がどれだけ義母と莉々を憎々しく思っているかよく分かる。

「あまり虐めないであげてくださいね」

「虐めてなんていない。三カ月の罰で済ませてやったのだから感謝してもらいたいぐらいだ」

怒りはまだ落ち着かないようだ。

足を捻ったぐらいで大げさな、と真白は小さく笑う。

父親は「ちょっと待ってなさい」と言ってリビングを出ていくと、すぐに戻ってきた。その手には湿布があり、捻った真白の足首に貼ってくれる。

「ありがとうございます」

「……真白。つらくはないか？」

「お父様、急にどうなさったの？」

「私にもっと力があれば、親戚の年寄りどもの圧力に屈せずに済んだのに。言いなりになって再婚した私を恨んでいないか？」

沈んだ声の父親は落ち込んでいるように見えた。

「確かにお父様が再婚すると聞いた時はびっくりしましたが、お父様がお母様を今も愛しているのをちゃんと分かっています。そんなふたりの娘に生まれて私は幸せ者です。お母様はもういないけれど、お父様が私の味方でいてくださるから大丈夫ですよ」

真白がにっこり微笑むと、父親は途端にウルッと目を潤ませた。

「真白ぉぉ！　お父様はいつだって真白の味方だからなぁ。絶対に嫁には出さんぞ！いつか必ずあれらを追い出して、ずっとこの屋敷で暮らすんだぁぁ！」

ぎゅうぎゅうと締めつけるように真白を抱きしめた。

「そうですね」

苦しいと思いつつも父親を拒否しない真白は、ほんわかと微笑んだ。

＊＊＊

金木犀《きんもくせい》の花がヒラヒラと舞う庭を見ながら、男性が立っていた。

「青葉《あおば》様。花嫁候補様がお越しです。お通ししてよろしいですか？」

「ああ」

返事の後、男性のいる和室に入ってきた若い女性は、どこか緊張した様子で足を踏み入れる。手は小刻みに震え、足は今にも崩れ落ちそうなほどガクガクしている。見ている方がかわいそうになるほどだ。

男性がくるりと振り返ると、男性の顔を真正面から見た女性は引きつったように息をのみ、直後、大きな悲鳴をあげた。

「きゃあぁぁぁ！」

そのまま女性は気を失い、畳の上に倒れ込んだ。

それを見た男性は深いため息をつくと、部屋の外にいるだろう者に声をかける。

「おい、連れていけ。邪魔だ」

「は、はい！」

数名が部屋に入ってきたが、男性はその者たちを見ないように背を向けている。そして、誰もいなくなった部屋で再度小さく息をついた。

少しして、年配の女性が入ってくる。

「申し訳ございません、青葉様。今度こそは必ず」

「いい。もう花嫁候補を送ってくるな。毎度毎度気絶されても困る」

「そ、そのようなことをおっしゃらずに！　いつか青葉様を受け入れられる者がいるはずですから」

「そんな者いるはずがない……」

あきらめきった顔の男性の小さなつぶやきは、誰に届くこともなく消えていった。

二章

卒業式を一週間後に控えたとある日。

「真白。お前の結婚が決まった」

白を基調とした上品な雰囲気の自室でのんびりとお気に入りの詩集に目を通していると、部屋に入ってきた父親に突然そんなことを言われた。

真白は驚きよりも父親の心配をする。

「お父様、大丈夫ですか？　とうとうボケてしまわれたの？　まだ若いのに、困ったわ。こういう時はお医者様に相談すればいいのかしら……」

言葉のわりに狼狽《ろうばい》した様子もなく、真白はおっとりとした声で困ったように頬に手を当てる。その際、真白の濡れ羽色の長い髪がさらりと流れた。

娘にあらぬ疑いをかけられた父親は吠《ほ》えた。

「私はボケとらんわ！」

「あら、それならよかったです。だって、突然結婚なんてあり得ないことを言いだすんですもの」

なにせ、先日半泣きで嫁には行かせないと散々騒いだ後だ。

「結婚は本当だ」

真白は、パッチリとした大きな目をさらに大きくして父親を見る。

「どういうことですか？　私には結婚を誓った相手などいないのですけど」

「いたら、私はひっくり返って驚いているだろうよ。お前ときたら私が心配するぐらい男の気配がないのだからな。少しは〝娘の方〟を見習いなさい。……いや、あれを手本にされるのは非常に困るので、やっぱりやめておくんだ」

父親はやれやれと仕方なさそうにしたかと思ったら、莉々の話になると苦虫を噛《か》み潰したように表情を変えた。

見習うもなにも、女性にしか囲まれない環境の中で男の気配を出せるはずがないのは父親も分かっているはずだ。

そもそも、真白から男の気配を絶つためにあの環境下に置いたのではないのか。もし彼氏を連れてきたらきたで大騒ぎするだろうに。

「お父様ったら、なにをおっしゃりたいんですか？」

男性と接する機会がほとんどなく恋人もできた試しのない真白とは違い、莉々は奔放で、三カ月ごとに恋人が変わっているのではないかという頻度で男性をとっかえひっかえしており、父親の頭痛の種である。

父親はそんな莉々を義母とともに早く追い出したくて仕方ないようだが、追い出す理由としては弱すぎた。

「とりあえずだ！　お前を嫁に出す！　これは決定事項だ」

ビシッと人差し指を突きつけて宣言する。

先日『ずっとこの屋敷で暮らすんだぁぁ！』と大騒ぎした人間と同一人物とは思えない強気な態度である。

「横暴ではありませんか？」

普段あまり怒らない真白も、自分の意志を無視した父親の行いに不満顔だ。

すると、父親は先ほどの勢いをなくし眉尻を下げる。

「これは真白のためにもいい話ではないかと思うんだ。なにせ、お前は〝あれら〟と折り合いが悪いだろう？　先日もお前は娘の方から虐めを受けていたじゃないか」

「虐め？　かわいらしいいたずらでしょう？」

父親の言う『あれら』とは、もちろん義母と莉々のことだ。

しかし、真白には虐められたような記憶はとんとなかった。少々の悪口と子供のいたずらならされたが、騒ぐほどのものではない。

変わらぬ微笑みを浮かべる真白に、父親はあきれ顔だ。

「これまでも私がいないところでグズだとかノロマだとかブスだとか散々言われていたのを知らないと思ったのか？　この間なんか階段から落とされたというのに、あれをかわいいと表現するお前の鋼の心臓はどこから来たんだ……？」

「まあ、うふふ。お父様ったら」

「うふふ、じゃなくてだな……。本当にお前は亡くなったお母さんそっくりだ」

父親はがっくりと肩を落としている。

「あら、ありがとうございます」

ニコニコと嬉しそうに微笑む真白に、父親はまたもや吠える。

「断じて褒めておらんぞ！　断じて！」

「お母様に似ているというのは、私にとったらすべて褒め言葉ですよ、お父様」

まだ五歳だった真白に母親の記憶は決して多くはなかった。それでもまったくないわけではない。

記憶にある母親はいつも柔らかく笑っている人だった。優しく強く、美しい母親は、今なお真白の自慢だ。

すると、父親は疲れ切ったように大きなため息をついた。

「話を戻す。天狐《てんこ》様のことは知っているな？　子供の頃から耳にたこができるほど言って聞かせてきただろう？」

「ええ、存じておりますよ」

天狐・空狐《くうこ》・気狐《きこ》・野狐《やこ》。

狐《きつね》の階級において最上位であるとされる天狐は、あやかしというよりほとんど神のような存在だ。

「我が七宮の本家である華宮《かみや》は、代々天狐が宿っており、天狐の力により繁栄し、その恩恵を七宮も受けている……っていうおとぎ話ですよね？」

華宮家の歴史はかなり古く、時には国の運命を左右するような相談を受けるということだが、実際にどんな役割をこなしているのかまでは真白は知らない。

父親からも、真白が短大を卒業し、七宮家の仕事に従事するようになったら教えると言われていた。

短大の卒業式は一週間後。

けれど結婚となったらどうするのか。本家である華宮はここから離れた島で暮らしていると聞くので、きっと父親の会社で働くのは難しいだろう。

七宮の跡取り問題とてどうするのか。

義母は真白を嫁に出してしまいたいようだが、父親が甘んじてその状況を受け入れようとしているのもおかしい。それでは義母の思惑通りに進んでしまうのだから。

だが、今は置いておき、大事なのは天狐のことである。

「おとぎ話などではないと、何度も言っているだろう！」

「だって、お父様。天狐だなんて、ねえ？」

真白はこてんと首を傾けて頬に手を当てる。その顔は父親の言葉をまったく信じていない。

子供の頃は本気にしていたが、この歳になっても『天狐』などという不可思議な存在を信じ続けるのは難しい。

疑いの眼差しを向ける真白を見て、父親はこめかみに青筋を浮かべくわっと目をむく。

「すべて真実だ！　天狐様は宿主となっている人間が亡くなると、次の新たな宿主を華宮の一族の中から探す。現在、天狐様を宿しているのは、華宮青葉様という二十二歳の男性だ。代々、天狐様の宿主が年頃になられると、分家のいずれかより貢ぎ物として花嫁もしくは花婿が選ばれる決まりになっている」

「分家のいずれかなら、私でなくともよろしいのでは？　それほど一族にとって大事な方のお相手となれば、私よりももっと美人で器量よしな方がいらっしゃるでしょうに。それこそ莉々さんとか」

莉々も一応七宮の親戚なので、条件には合う。さらに言うと、莉々の方が社交性が高く、見た目も華やかだ。

いつも髪は丁寧に巻かれており、家の中にいてもメイクは欠かさない。

明るい色合いが好きなのか、艶やかな服を着ていることが多い。宝飾品も真白よりずっとたくさん持っている。

ほとんどメイクをせずシンプルな服装が好きな真白とは真逆である。

莉々を薔薇《ばら》とたとえるなら、真白は鈴蘭《すずらん》のような控えめな美しさだ。

実際は、莉々を華やかと受け取るか派手と受け取るかはそれぞれの感覚だろうが、真白はいい意味で莉々の容姿を評価していた。

そして自分と比べ、己の地味さにしょんぼりしたりもする真白は、元来深く考えるたちではないので、次の瞬間にはどうでもよくなっている。

よくも悪くも楽観的なのが真白だった。

そんなところも母親とよく似ていると、父親や長年母親に仕えていたお手伝いさんに言われている。

「あれを送ったら我が家の恥をさらすだけだ」

そんな言葉を吐き捨てる父親は、本当に莉々に対して評価が厳しい。

「それに他の家の者と言うが、これまでに何人ものお嬢さんが花嫁にと向かったのに、どの娘も青葉様に泣かされて、祝言を挙げる前に追い出されたらしい。そのせいで、これまでは跡取り娘を嫁に出すわけにはいかないと拒否していた我が家にお鉢が回ってきたんだ」

「でしたら、なおさら莉々さんの方がよろしいのでは？　彼女は私と違って世渡り上手ですし」

「あれを世渡り上手と言ってのけるお前の神経を父は疑うぞ……。あれは世渡り上手ではなく八方美人というのだ」

父親はがっくりと肩を落としている。

なにやらこのわずかな間で疲れたように見えるのは真白の気のせいだろうか。

「なんにせよ、我が家から誰か出さねばならん。だが、あれを送り出すことは七宮の家長として絶対できない。そもそも私と養子縁組をしていないしな。あれは赤の他人だ。仕方ないので真白が行ってくれないか？　というか、行くしかない」

「あらあら」

父親の様子をうかがうように、どうやら真白に拒否権はないようだ。

「裏を感じるのは私だけでしょうか？」

「安心しろ。私も同じ気持ちだ。きっと跡取りである真白を家から追い出して、母親の方との間に子を作るよう強要するつもりだろう。魂胆が見え見えで不愉快この上ない。じじいどもめっ」

父親は忌々しそうに吐き捨てた。

義母と再婚した時のように、分かっていてもどうにもできなかったようだ。

今の父親では、口うるさい狸《たぬき》たちと渡り合うにはまだ力が足りない。

真白が嫌がるのは簡単だが、父親に迷惑がかかってしまう。受けるしかなさそうだ。

「会ったこともない方とうまくやっていけるかしら？」

両親のような仲のよい夫婦を夢見ていた真白にとって、今回の結婚話はまさに青天の霹靂《へきれき》。自分が政略結婚をするなど考えてすらいなかったし、父親も同じではないだろうか。

しかし、結婚を強要されたにもかかわらず、真白に悲壮感はまったくなかった。むしろちょっと楽しそうにしている。

好きになった相手と添い遂げたい憧れはあるものの、天狐という摩訶不思議《まかふしぎ》な旦那様もおもしろそうだ。

親が決めた婚約者を持つ友人をたくさん知っているからか、結婚を無理に決められたというのに嫌悪感はなかった。

きっとこれまで友人たちの惚気をいっぱい聞いてきたからだろう。それに……。

目に見えて落ち込んでいる父親。

こんな申し訳なさそうな父親を見ていたら、嫌だなんて拒否できるはずがない。

「お父様」

「なんだ？　やはり嫌だよな」

「そうではなくて。天狐というのなら、もふもふな尻尾はあるのでしょうか？」

「…………」

父親からの返事はなく首をかしげる。

「お父様……？」

「なぜだかお前ならやれる気がしてならない。だが、これまで送られた娘が玉砕してきたのは事実なので、お前も泣かされたなら帰ってきてかまわないぞ。誰も文句は言わないだろう。我が家としても、きちんと役目は果たしたことを示せればいいのだからな」

「そういうことなら分かりました。どうなるかは分かりませんが、困っているお父様を放ってはおけませんからね」

「真白ぉぉ～」

ウルッと目を潤ませる父親は真白に抱きついた。

ぎゅうぎゅうと締めつけるので正直離してほしかったが、父親思いの真白は口には出さなかった。

「結婚といっても、その前に青葉様に追い出される可能性が高い。無理して気に入られようとはせずに、嫌だと思ったらすぐに帰ってきなさい」

「困ったお父様だこと」

天狐の宿主の花嫁に選ばれるのはきっと栄誉なのだろうに、帰ってくることを心の底から望んでいる。

必死な父親を見て、真白はクスクスと笑った。

「ところで、いつ家を出ればいいのかしら？」

するとと、父親がなんとも気まずそうに真白から視線を逸らしながらつぶやいた。

「……うん。言い忘れていたが明日だ」

「えっ⁉」

これには普段ののんびりな真白も即座に反応する。

「待ってくださいな。私は来週卒業式を控えているんですよ。お父様もご存知でしょう？」

一緒に参加するとノリノリでいたので、知らないとは言わせない。

「すでに卒業できる単位は取ってあるのだし、卒業式など出なくとも問題ない、問題ない」

やましい気持ちがあるからだろうか。父親は真白と目を合わせない。

真白は憤慨して父親をにらむが、あまり迫力はなかった。

母親に似た優しげな顔立ちは、怒っていても相手に伝わりづらい。それでも父親には効果的に伝わっていたようで……。

「あ、あんまりです！　お父様のお馬鹿！」

「お、お馬鹿⁉　いくらなんでもそこまで言わなくてもいいじゃないか。ひどいぞ、真白」

娘からの罵倒に父親は激しくショックを受けるが、自業自得である。

「ひどいのはお父様の方です。卒業式のために特別にあつらえた袴《はかま》を用意していましたのに！」

友人たちと決めた特別なもの。それを着て卒業式に出るのを楽しみにしていたのに、明日出発では卒業式に出られない。

卒業式後は皆でホテルに向かい女子会をしようと話をしていたのも、すべてご破算だ。

なんてことをしてくれるのか。

「皆さんになんて言えばいいのか……」

悲壮感を漂わせる真白は、愛する父親を涙目でにらみつけた。

「す、すまん、真白……」

さすがに申し訳なくなったのか、おろおろする父親。

「お父様なんて知りません！」

真白は常にない怒った顔で父親から顔をそむけた。

「まったくもう。お父様ったら」

真白はむくれた顔のまま、荷物をスーツケースへ詰め込んでいく。

その手つきが少々荒っぽくなっているのは許されていいはずだ。

嫁に行くのは仕方ないと受け入れるが、明日だなんていくらなんでもひどすぎる。真白にだって予定というものがあるのだから。

卒業式を楽しみにしていた真白には由々しき事態だが、今さらどうにもならない。

友人たちには先ほど連絡をしておいた。

先方に追い出される可能性が高いと聞いたので、結婚するとは言わず、家の都合で卒業式に出られなくなったとだけ伝えた。

友人の誰もが家の都合なら仕方ないと理解を示してくれつつ、一緒に卒業式に出られないことを残念がってくれたが、一番残念に思っているのは間違いなく真白だ。

ひどく嘆く真白を友人たちは慰めてくれたけれども、それで怒りが静まるわけではない。

むしろ慰められて余計に、出られないことが悔しい。

「あんまりです～」

胸にたまる鬱憤が収まりきらない真白は、近くにあったクッションをポスポスと叩いた。かわいらしい攻撃で、せめてもの怒りを表す。

しばらく叩いて冷静さを取り戻すと、はぁっと息をついた。

「なんてタイミングが悪いんでしょうか」

真白はあきらめた様子でスーツケースに荷物を詰めるのを再開させる。

しかし、そのスーツケースは嫁に行くにしてはとても小さい。

父親によると、荷物は必要最小限でいいと向こうから指定してきたらしい。必要になればこちらで用意するから、と。

「急な日程もそうですし、嫁入りするならそれなりの準備が必要だと思うのですけどね？」

まるですぐに帰る旅行者のような待遇に疑問を感じる。

「それはあんたに誰も期待してないからじゃない？」

急に聞こえた声にはっと振り返ると、いつの間にか莉々が部屋に入ってきた。まるで見下すように意地の悪い笑みを浮かべて腕を組んでいる。

「あら、莉々さんでしたか。突然だったのでびっくりしてしまいました」

ほわほわとした笑みを浮かべる真白に、莉々は苛立った顔をする。

「いい気味ね」

「なにがです？」

真白はきょとんと首をかしげる。

「あんた、天狐の宿主に嫁入りするんですってね」

「お父様からお聞きになったんですか？」

真白も今さっき聞いたところなので、莉々が知っているのに違和感があった。

なにせ莉々たちを嫌っているあの父親がわざわざ教えるとは到底思えなかった。

「別に誰から聞いたなんてどうでもいいでしょう」

「まあ、そうですね」

確かにと納得顔をする真白ののほほんとした様子が気に食わないとばかりに、莉々は鬼の形相でぎりっと歯噛みする。

「そうやって平然としてられるのも今のうちよ」

「どういうことです？」

「天狐の宿主の噂を知らないの？　これまでに何人もの花嫁候補が宿主と顔合わせしてすぐに逃げ帰ってきたのよ」

「そうなんですか？」

父親からは泣かされて追い出されたと聞いていたが、違うのだろうか。

「宿主と顔合わせをした子に話を聞いたもの。その子ったらその人の話をしようとしただけですっごく怯えてたの。あんなに怖がるなんて、きっと宿主は化け物みたいな姿をしているに違いないわ。そんな奴に嫁がないといけないなんて、ほんとに不憫《ふびん》よねぇ。かわいそぉ」

嘲笑《あざわら》う莉々の顔と言葉が一致していない。かわいそうなどとは微塵《みじん》も思っていなさそうだ。

「せいぜい化け物に食われないように気をつけるといいわ」

ふんっと鼻で笑って、莉々はさっさと出ていってしまった。

真白はこてんと首をかしげる。

「莉々さんはなにが言いたかったのでしょうか？」

莉々は天狐という存在を怖がらせたかったのかもしれないが、真白には全然伝わっていなかった。むしろ真白は莉々の話を聞いて、はっとする。

「化け物のような姿……。ということは、やはり狐のお耳と尻尾があるかもしれません！」

真白はぱあっと表情を明るくして歓喜する。

「まあ、どうしましょう～！　手土産にわんちゃん用のブラシを持参するべきでしょうか？　いえ、きっと特別なお手入れ方法をしていらっしゃるでしょうね。それなら、狐なのですから油揚げの方がいいのかしら？」

必要最低限の荷造りを早々に終えた真白は、手土産をどうしようかと頭を悩ませる。

結局、ここは無難においなりを作って持っていこうと、夜遅くまでせっせと作っていた。

翌日、真白の手には数泊する程度の荷物しかなかった。とても嫁入りするとは思えない身軽さだ。

スーツケースとともに、おいなりが入った鞄《かばん》も持っている。

昨夜作っている時は楽しんでいた真白だったが、その後、まだ来ぬ卒業式で自分が選んだ袴を着る夢を見たばかりに、今の機嫌は最高潮に悪い。

朝起きて怒りが再燃した真白を、父親が泣きながら見送りに現れている。

父親の泣き顔が癪《しゃく》に障ると思ったのはこれが初めてかもしれない。さすがに温厚な真白も今回ばかりは笑って許せそうになかった。

「真白～。早く帰ってくるんだよ～」

これから嫁にやる娘にかける言葉では到底なかったが、事情が事情だけに致し方ないだろう。

しかし、父親への怒りが冷めぬ真白は、早く帰れと言われれば言われるほど意固地になっていく。

「これからは滅多に会えなくなりますね。次は、結婚式でお会いしましょう」

変な顔で固まった父親に背を向けてから、ふと振り返る。

分かっていたが見送る者の中に義母の姿はなかった。真白がどこでどうしようと関係ないのだろう。

しかし、家の二階に目を向けると、窓のカーテンの隙間からこちらをうかがう莉々の姿があった。その眼差しは厳しい。

「結局、莉々さんとは仲良くできませんでしたね」

少し名残惜しく感じる。

だがそれよりも、父親のストッパーでもある自分がいなくなって大丈夫かと心配になる。義母と莉々が父親を怒らせないことを祈るしかない。

できることなら父親と上手に付き合っていってほしい。

莉々の生い立ちは真白から見ても、とてもよいものではなかった。少なくとも親の再婚で不自由のない生活は送れると約束されたようなものなのだから、ぜひとも七宮家と結ばれた縁を大いに生かしてほしい。

世渡り上手な莉々ならきっとそれができるだろう。

自分がいなくなった後、この家の中が平穏であるのを願い、真白は長年暮らした生家を後にした。


真白が向かったのは、別名『神の島』と一部の者から呼ばれている島である。

島民はおよそ一万五千人ほどで、漁業と観光業が発展している。

島民全員が華宮の一族というわけではなく、天狐の存在を知る人はほんのひと握り。

ほとんどの者が、この島に天狐なる人外の存在がいることを知らない。

それというのも、天狐の宿主は生涯この島の外どころか滅多に人前にも出ないらしいのだ。

もともと簡単にお目にかかれる方ではなく、七宮の家長である父親ですら、華宮青葉と実際にお会いしたのは数回という。

父親に青葉の印象を聞くと『すごい』という言葉しか返ってこなかった。

それだけでは人となりが分からないと真白は不満を漏らしたが、とにかくすごいらしいことだけが伝わってきた。

けれど、父親は『真白なら大丈夫かもしれないな。母親の血を強く継いでいるんだから』とも言っていた。

その言葉に含まれる意味は教えてくれなかったため、青葉とはどういう人なのか疑問だけが膨らんでいく。

島では時折一族の集まりがあるものの、青葉は姿を見せないのが常だった。

他にも、天狐の存在を知る一部の上流階級の者が天狐の力を頼って神の島にやってくるようだが、仲介人を通して依頼するらしい。

そんな天然記念物よりも貴重な人の写真が軽々しく手に入るはずもなく、名前と年齢しか情報のない中で真白は嫁に行かなければならない。

普通なら不安でたまらないだろう。

加えて卒業式にも出られず、さぞ落ち込んでいるかと思いきや、島へ向かうフェリーで大層はしゃいでいた。

「素敵！　太陽に照らされて海面がキラキラ輝いているわ。まるで宝石みたい」

海面と同じように目をキラキラさせて海を眺める真白は、これが初めて見た海だった。

なにせ都会のど真ん中で暮らし、娘命の父親によって大事に育てられてきた箱入り娘なので、これまでとんと海には縁がなかったのだ。

潮風がこんなにも気持ちいいものだとは知らなかった。

「海も綺麗だけど、青葉様とはどんなお方かしら。莉々さんもああ言っていたし、妖怪のような恐ろしい姿をしているのかもしれないわ。だから人前には出ないのかしら？」

だからこそ、父親の『すごい』という発言につながるのかもしれない。

父親からの情報によると、先代の天狐の宿主は青葉の曽祖父で、曽祖父が亡くなって間もなく、当時五歳だった青葉が新たな宿主に選ばれた。

宿主に選ばれると姿が変わるので、ひと目で宿主だと分かるらしい。

それまで普通の子供として生活していた男の子は、一族で最も尊い存在として一気に奉り上げられることとなったのだ。

五歳という年齢は真白にとっても深い意味がある。

真白の母親が亡くなったのも、真白が五歳の時だった。急な環境の変化に戸惑ったのを幼いながらに記憶している。

それまで当たり前にいた母がいなくなり、当たり前が当たり前でなくなってしまった日。ひどく雨が降っていたのを覚えている。

雷が鳴る中、出かけていった母を、真白は笑顔で手を振って見送った。

けれど、次に会った時、母親は冷たくなっていた。

真白は意味が分からなかった。

なぜ母親は起きないのか。どんなに手を握っても呼びかけても、母親が真白に応えてくれることはなかった。

『真白。私の愛しい子。私はあなたの笑った顔が大好きよ』

それは母親がよく真白に言っていた言葉だ。大きくなった今も真白の胸に刻まれている。

だから、霊安室で動かない母を見る父親の様子から母親の死を理解した時も、真白は笑った。大きな目からぼろぼろ涙を零しながらも、母親の言いつけ通りに。

だがそれ以降、真白は泣いていない。

泣き叫ぶどころか葬式で笑う真白を、周囲は気味悪がったものだ。

ただ、父親だけが傷ついた顔でひたすら謝りながら真白を抱きしめた。

もともと過保護だった父親が真白に対し、さらに心配性になったのはそれからだ。すべての害悪から守ろうとするように、真白の行動を制限した。

母親に似てのんびりとした性格なので、他の家もそうなのかと気にしていなかった。父親はただ真白が自分の目の届かないところに行くのを恐れていたのだと察することができたのは、大きくなってからだ。

父親の恐れは、同時に真白の恐れでもあった。

愛してやまない母親の存在を忘れられない、同志のようなものだろうか。

父親の気持ちが分かるからこそ、真白は父親に従い続けた。

その結果少し世間ずれしてしまったのは、父親のせいにしても問題ないはずだ。同じ五歳。きっと青葉も周囲の変化についていけなかったのではないかと、真白は勝手に親近感を覚えていた。

海を眺めながら真白ははっとする。

「ひと目で宿主と分かるなんて……。狐なのだから、やっぱりお耳と尻尾がついているかもしれないわ」

真白は両手で頬を隠し、顔を左右に振り悶《もだ》えた。

「そうだったらどうしましょう。さわらせてくださるかしら〜？」

これが政略結婚だと思わせないほどに、真白はフェリーの中で終始ご機嫌だった。

島へ着くと、観光客だろう人々がぞろぞろと降りていく。

その波に巻き込まれながら、島への第一歩を踏み出し、大きく空気を吸い込んだ。

「さて、お父様によると、お迎えが来ているらしいのだけど……」

真白はきょろきょろと辺りを見渡しながら歩いていく。

その時、淡いクリーム色の着物を来た妙齢の女性が真白の行く手を遮るように前に立った。

「真白様でいらっしゃいますか？」

「はい。そうですが、あなたは？」

「申し遅れました。私はこれより真白様のお世話を仰せつかっている華宮朱里《あかり》と申します」

髪をお団子に結い上げた、二十代前半ほどの女性だ。まだまだかわいらしさの残る彼女から発せられた『華宮』の名前を聞けば、嫁ぎ先からのお迎えだとすぐに分かる。

深々と頭を下げる朱里を見て、真白もニコリと微笑んで頭を下げた。

「こちらこそよろしくお願いいたします。七宮真白でございます。これからお世話になります」

「……何日の付き合いになるか分かりませんけどね」

ぼそりとつぶやかれた言葉は周囲の喧噪《けんそう》により真白には届かず、真白はニコニコとした笑みを浮かべたままだ。

「それでは参りましょう。車を待たせております」

「ありがとうございます」

朱里の後についていけば黒塗りの車が待ちかまえており、それに乗り込むと車は華宮の屋敷へと向かった。

三章

もう三月ということもあって、走る車からは桜並木が見渡せ、嫌でも卒業式のことが頭をよぎり、収まっていた父親への憤りが再燃する。

本当なら、綺麗に咲いた桜の木をバックに友人たちと写真を撮るはずだったのに、と。

そうしてたどり着いたのは、厳かな雰囲気のある門の前。その先には、ひと目ではその広さを測れないほど大きな屋敷がある。

とても古い和風の建物だった。

真白の家もたいがい大きかったが、その比ではない。さすが本家というところか。

少しの緊張とともに足を踏み入れる。

翌日の出発ということで、さしたる準備もできなかった真白の荷物はスーツケースと手土産のおいなりが入った鞄のみ。

もともと身ひとつで来てもらってかまわないと伝えられていたので問題はないはずなのだが、本当によかったのか不安ではある。

しかし、朱里も荷物の少なさを目にしてもなにも言わなかったところを見ると、大丈夫なのだろう。

「早速ですが、青葉様と顔合わせをしていただきます。お覚悟はよろしいですか？」

「承知しました！」

まるで死地へ赴くような顔で覚悟を求められ、青葉様はそれほどひどい姿の方なのだと思った真白は気合いを入れる。

なにがあっても悲鳴をあげたり怖がったりしないように。それと同時に期待もしていた。狐なら耳と尻尾が絶対についているはずだ、と。

ドキドキと胸を高鳴らせながら屋敷の廊下を歩く。外に面した廊下からは、広い庭が見渡せた。

庭は黄金色に染まっており、真白は目を大きくする。

「金木犀？」

今は三月だ。春と言うにはまだ寒さが残る。特にこの島は、真白が育った場所より肌寒く感じた。

そんな場所で秋に咲く金木犀が満開になっているなんて。別の花と勘違いしているのかと思ったが、鼻腔《びくう》をくすぐる酔いそうなほどの香りは金木犀で間違いがない。

「どうして金木犀が……」

「ここは神にも通じる天狐様が住まう屋敷でございますから」

あまりの美しさに感嘆する真白とは違い、さして感情が揺れていない平坦《へいたん》な声色で告げられる。

「なるほど」

妙に納得してしまった真白。

人ならざる者が住まう場所なのだから、季節を無視するような摩訶不思議な現象が起きていたとしても別におかしくないということか。

「綺麗ですねぇ……」

季節違いの金木犀に目を奪われていると、ひときわ強い風が真白を襲う。

「あっ」

思わず目をつぶった真白が風によって乱れる髪を押さえながら目を開いた先には、金木犀の花が散る中を絹糸のような白い髪をなびかせて男性が歩いてくる。

彼は、真白の前で足を止めた。

まるで精巧に作られた人形のように整った顔立ち。鼻筋はすっと通っており、切れ長の金色の目は凛々《りり》しく、薄い唇は色香を感じさせる。

とても生きている者とは思えない人外の美しさと発せられる空気感。

だから、説明されなくともすぐに分かった。

彼こそが天狐の宿主、華宮青葉だと。

風と木々が擦れる音しかしない中、美しいという賛辞では足りない青葉の姿を上から下まで見て、真白は驚いた顔をした後、ひどいショックを受けた。

「な、なんてことでしょう。お耳も尻尾もありません……」

この人外の美しさを持った人を前にして口にするのがそれである。

真白といったら真白らしい発言だが、父親がこの場にいたらすかさずツッコミを入れていただろう。

そんな真白を見て、青葉は怪訝《けげん》そうに眉をひそめる。

「なんだ、なにか不満があるのか？」

「大ありです！　なぜお耳も尻尾もないのですか？　期待しておりましたのにっ」

どうやら思ってもみない返しだったのか、青葉は目を丸くして驚いている。しかし、すぐに体を震わせると大きな怒鳴り声をあげた。

「ふざけるな。なんの期待だ！　耳や尻尾など生えているわけがないだろ！　俺は人間だ。化け物ではない！」

「ひどいです。楽しみにしていたのに……」

残念そうにしょぼんとする真白に得体の知れないものを見るような眼差しを向ける青葉は、次の瞬間には目つきを鋭くする。

「貴様にひとつ言っておく。この結婚は周りが勝手に決めたものだ。だから我々の間に愛は必要としていない」

忌まわしげに吐き捨てられた言葉に、真白は目を丸くする。

「これはただの政略結婚だ。それを分かった上で、嫌なら──」

「嫌です」

途中で被せられた真白の声に、行き場を失う青葉の言葉。

「これが政略結婚だというのは存じておりますが、せっかくご縁があったのですから、私は旦那様となる方と仲良くしたいです」

そう言って真白は柔らかく微笑んだ。青葉の顔から目を離すことなく、じっとその目を見つめながら。

たじろいだのは青葉の方で、先ほどまでの勢いはどこへやら、絶句している。

なにか言いたげに口を開いたが、そこから音が出てくることはなく、素っ気なく背を向けると庭の奥へと消えていってしまった。

「あらあら、どうしましょう。嫌われてしまったかしら」

真白は困ったように頬に手を当てているが、まったく困っているようには見えない。

実際、少しの沈黙の後『まあ、初対面だし気長にやっていきましょう』という結論に達し、楽観的に考えていた。

青葉本人から『愛は必要としていない』などと言われても、真白にしたら『だから？』という感じだ。

初対面で愛もなにもあるはずがないのだから、必要かどうか分かるはずがない。

そんな真白のそばにいた朱里は、別の感情を抱いたらしく……。

「真白様、すごいです！」

朱里を振り返ると、最初のどこか冷淡さのある雰囲気と違い、尊敬する人間に向けるような輝いた眼差しで、やや興奮気味に真白を見ていた。

このわずかな時間になにが彼女をそうさせたのか。

「なにがでしょうか？」

真白はこてんと首をかしげた。

「あの青葉様のご尊顔をあれほど長く見つめていられる方なんて初めてです！」

「ご尊顔？」

「ええ、そうです。神より与えられし尊いお顔を直視できる方は今までおりませんでした！　これまでに幾人もの花嫁がこの屋敷にやってこられましたが、青葉様の神々しい姿を見ると、どんな美人も泣きながら帰っていったのです。あの方のおそばに侍《はべ》る資格は自分にはないと嘆きながら」

「あら？」

真白が聞いていた話と少し違っている。

「青葉様に追い返されたと、父からは聞いていたのですけど？」

「ええ。それも間違いではございません。青葉様から発せられる神聖なる覇気に耐えられず号泣し、どんな歌姫でも嫉妬する青葉様の奇跡の美声でお声をかけられるたびに気絶するものですから、会話もまともにできない花嫁などいらぬと追い返されてしまわれたのです。ですが、彼女たちの気持ちはよく分かります。私も気を抜くと腰が抜けてしまいますので」

うんうんと頷く朱里は、納得顔でありながらどこか誇らしげでもあった。

「青葉様とあれほど近くでお声を交わされて、真白様はなんともなかったのですか？」

「確かに綺麗なお方でしたけど……」

気絶するかと言われたら否だ。

もしや自分は普通より感覚が鈍いのかもしれない。父親からも『お前は少し鈍感だ』とよく言われていた。

真白が分からないといった様子でいると、朱里がわずかに悲しげな顔をしながら、真白の抱いた疑問を説明してくれる。

「天狐は神にも通じる存在。人ならざるそのお力は強く、無意識に周囲の者を圧倒してしまうのです。当代宿主の青葉様は歴代の方の中でも特に天狐様との相性がよく、それにより力がお強いと言われています。ゆえに、周囲への影響も大きいのですよ」

「なるほど。天狐のお力のせいですか」

「ええ。まあ、青葉様自身がお美しすぎるからというのは間違いない事実ですが、これまで来られたお嬢様方は、天狐の気配に畏怖され怯えてしまわれるのです。青葉様と三秒目を合わせると、先代から仕えている天狐の気配に耐性を持った古株の使用人ですらノックアウトされますから。新人は必ず一度は青葉様の前で失神するのが洗礼となっているぐらいです」

「それは困りましたね」

その調子では仕事にならないのではないだろうか。

憂いた表情を朱里は輝かせる。

「ですから、あんなに長い時間、青葉様を直視されていた真白様は素晴らしいです。ほとんどの方が一度青葉様にお会いしただけで自ら去るか、追い返されてしまっていましたから。きっと青葉様ご自身も驚いていらしたのではないでしょうか」

「そうなんですね」

真白は全然気にならなかった。というか、天狐の気配とはなんだ？と首をかしげてしまうほどなんにも感じなかった。

朱里の説明を聞いた後では、真白が思っていた青葉の印象とずいぶん違ってきてしまう。

父親は知らなかったのか、あえて言わなかったのか。

泣かして追い出したなんて語弊がありすぎる。とても怖い人を想像していたのに、真相を知れば青葉の方が不憫である。

話すたびに泣かれたり気絶されたりするのだから、そんな人間を妻に迎えられるはずがない。

「なるほど。ゆえに、身ひとつでかまわないということなのですね」

「ええ、一日どころか数時間と経たずに帰ってしまわれますので、大荷物など持ってくるだけ無駄になります」

だとすると少々困ったことになる。

「どうしましょうか？」

「えっ、どうしましょうとは、まさかお帰りになるんですか!? いけません！ どうぞお考え直しください！」

朱里はうろたえながら必死に真白をつなぎ止めようとしている。

「いいえ、できればもう少しご厄介になりたいです。青葉様がどんな方かまだ分かりませんもの。嫁になるつもりでやってきたのですから、もっと親交を深めたいです。ただ、身ひとつと言われて来たのでさしたる準備もしておらず……。恐らくそちらも同じなのではありませんか？」

小さく「あっ」と声をあげる朱里は、申し訳なさそうにする。

「その通りでございます。きっと今回の方もすぐにお帰りになるだろうと、屋敷の者皆が思っておりました。こうしてはおれませんね。すぐに必要な身の回りのものを取りそろえます。お部屋は整えてございますので、ご安心していつまでもお過ごしください！　永遠に！」

「ええ。これからよろしくお願いします」

永遠かどうかは分からないが、しばらく滞在することが決まった。

それから華宮の屋敷で暮らすようになった真白は、とりあえずは青葉の婚約者という立場で滞在している。

婚約者が嫁になるかどうかは青葉次第らしい。青葉に気に入られなければ、これまでの候補たちのように追い出され実家に帰ることになる。

父親は早々に追い出されるのを願っているのだろうが、今回の一件をかなり根に持っている真白は限界までここで粘るつもりである。

父親が泣いたって帰ってやるものか。

真白は少々意固地になっていた。

真白がこの屋敷に暮らし始めて一週間ほどだろうか。

今はまだ婚約者という立場なので客間で過ごしているが、青葉の妻となったらすぐにでも青葉の隣の部屋を用意しているので安心してほしいと朱里から言われている。

客間は青葉の自室からはかなり離れているようだ。

朱里は真白が嫁になったつもり満々で接してくれるので、青葉の隣の部屋に案内できないことを申し訳なさそうにしていたが、真白は全然気にしていない。

客間というけれど十分な広さがあり、庭の金木犀がよく見えるから満足していた。

窓を開けていると、時折風に乗って金木犀の花が部屋の中に入ってくるのだ。なんとも風情があっていい。

しかし、青葉の妻のために用意された部屋は客間よりももっと庭が綺麗に見えるそうで、どのような部屋なのか興味はかなりある。

その部屋を利用しなくてもいいのだが、見るぐらいはしてみたいものだ。

けれど、青葉のテリトリーに急に立ち入るのは警戒されてしまうかもしれないから今はお預けである。

ここへは政略結婚を目的として来ているので、青葉のゴーサインが出ればすぐにでも式を挙げられる準備は整っているらしい。

屋敷の人たちは青葉と普通に会話していたという話を朱里から聞き、勇者が召喚されたとばかりに真白を大歓迎してくれている。

それは真白も遠慮してしまうほどの歓迎っぷりで、真白がやってきた当日は宴のような歓待を受けた。

しかし、肝心の青葉とはなかなか話をする機会がなかった。

屋敷の中をうろうろしているのだが、いかんせん屋敷が広すぎる。

ここは本当に個人の所有物かと疑うほど広く、この一週間で何度迷子になったことか。そのたび使用人に助けてもらっている。

庭は建物以上に広いらしいので、下手に庭を歩かないように注意された。

金木犀がヒラヒラ舞う中を散歩してみたかったのに、残念でならない。

青葉は庭を熟知しているらしいから、仲良くなったら教えてくれるかもしれないが、そもそもその青葉と話せていないので、仲良くなりようがなかった。

青葉とまともに会話もできないまま、真白は日がな一日をのんびりと過ごした。

あれからすぐに朱里が女性に必要な身の回りのものをそろえてくれ、不自由はしていない。

むしろこちらが恐縮してしまうほど、家人たちには手厚く世話をしてもらっていた。

食事には必ず真白の好きなおかずが一品は含まれ、入れ替わり立ち替わり朱里を含めた家人が様子をうかがいに来ては、必要なものはないかと聞いてくれる。

気を遣わせているのが少々申し訳なかったりするものの、非常に助かっている。

食事は部屋でひとりで食べているが、配膳を買って出た朱里が話し相手になってくれるので寂しさはない。

まさに至れり尽くせり状態だった。

そうして過ごしていたら、短大の卒業式があったはずの日もとっくに過ぎ去ってしまっていた。

軒先に座りながら、友人たちからスマホに送られてきた卒業式の写真を微笑ましく眺める。

本当なら袴姿で一緒に写真に納まっていたはずなのに。

出席できなかったのは残念だが、仕方がない。父親に強制されたとはいえ、ここに来ると選んだのは自分なのだし。そう言い聞かせたとしても、やはり……。

「ちょっと寂しいものですね」

父親は今頃どうしているだろうか。

義母と莉々とはうまくやれているのか。

喧嘩《けんか》は……していそうだ。

言い合うというよりは義母に対して父親がぶち切れしている姿が容易に想像できる。

母親を事故で亡くしたため、父親は真白が自分の目の届かない遠くへ行くことをひどく嫌い、学校での修学旅行なども真白だけ不参加だった。

なので、こんな何日も父親と離れたことはなかったのだ。

今さらながら、どれだけ箱入りだったのかを思い知らされる。最初はわくわくしていたのに、今は寂しさを感じていた。

「これがホームシックというものですかねぇ」

初めての体験に、真白はしんみりしつつも、ちょっぴり感動した。

きっと父親は真白が帰ってくるのを今か今かと待っているだろう。

真白も帰りたい気持ちがないわけではない。しかし、残念ながら今のところ帰るつもりは微塵もない。

風に乗って散る金木犀にスマホを向け、カシャリと写真を撮った。

現実とは思えない、なんとも幻想的な景色を見て満足そうにする真白は、先ほどから感じる視線にクスリと笑う。

庭を覆い尽くすほどたくさんの金木犀の陰からこちらをじーっと見つめてくる金色の目。その姿は、狐ではなく、まるで警戒する狼《おおかみ》のようだ。

真白は離れたところから見てくる青葉に向けてにっこりと微笑む。

「こちらで一緒に座りませんか？」

「…………」

半目で見てくる青葉は返事をすることなく、ささっと姿を消してしまう。

「うーん。嫌われてはいないようですけど、めちゃくちゃ警戒されていますねぇ」

真白はほわほわとした笑みを浮かべて、傍らに置いてある湯飲みを持ってお茶をすすった。

「あら、今日は甘露茶ね」

などとつぶやき、先ほどまで青葉がいた場所に視線を向ける。

まるで時が止まったように季節を感じられないここにいると、今日がいつなのか日付を忘れてしまいそうになる。

もうずいぶんとここで暮らしているような錯覚に陥るが、まだ一週間なのだ。

その間に青葉と会話したのは最初の邂逅《かいこう》の時だけ。以降はひと言すら声をかけられたことはない。

けれど、毎日顔は合わせている。

ここにやってきた翌日から、真白が庭を見渡せるこの軒先の絶景スポットを発見してお茶を飲んでいると、先ほどのように青葉が遠く離れたところからじーっと真白を見てくるようになった。

本当にただ見てくるだけ。向こうから話しかけてくるわけでもなく、さりとて真白が話しかけようとすると慌てたように姿を隠してしまう。

「うーん。一応興味は持ってもらっているのでしょうか……?」

そうでなければ、真白を観察したりはしないはず。

なにやら青葉が真白を怖がっているように感じるのは気のせいだろうか。

威圧的な態度は最初の時だけで、青葉が真白を追い出そうと動く様子は今のところいかないだろう。だからこそ真白ものんびりとかまえているわけだが、このままというわけにもいかないだろう。

結婚に向けて話を進めていくのか、追い出されて実家に帰るのか、判断するのは青葉なのだ。

そういう話もしたいのだが、会話をさせてくれない。

真白もただじっとしていたわけではなく、話し合いをしようと一度青葉を追いかけてみたところ、風のようにあっという間に逃げてしまったのだからどうしようもない。

自身が運動音痴なのを自覚している真白は早々に追うのをやめた。

天狐の力は身体能力も向上させるのかと思うほどの素早さだったので、とても捕まえられそうにない。

とはいえ、ここに来てから一週間経って、今日ようやく声をかけられるほど近くまで来るようになった。これは前進したと言っていいはずだ。

「気長にいきますか」

その言葉の通り、真白は毎日をゆっくりと過ごし、青葉が近付いてくるのをただのんびりと待ち続けた。

そんな日々を送っていたある日、真白が廊下を歩いていると、来訪者らしき人がやってきた。

スーツ姿で、身なりの整った数名の男性が案内されている。

その中に覚えのある顔があった。

「あら？　あの方、確か大臣を務めている方ではなかったでしょうか？」

気のせいかとも思ったが、真白も上流階級の人間。政治・経済で有名な人間の顔はある程度知っていた。

ましてや大臣ともなると、テレビでもよく見かけるので記憶には残っている。

今、目にした大臣以外にも、これまでに大企業の社長など、真白が知るような有名人をこの屋敷の中で時折見かけていた。

華宮の親戚というわけではないだろう。そうだったらいくら真白でも父親から教えられているはずだが、聞いた記憶はない。

そんな著名人たちがどうしてここにいるのかと不思議がる真白が立ち尽くしていると、朱里が声をかけてきた。

「真白様、どうかされましたか？」

「朱里さん」

朱里の手にはお茶と茶菓子が載ったお盆がある。

「お客様ですか？」

「ええ。青葉様に依頼をされに来た方たちです」

「依頼？」

「そうです。天狐のお力を求めて、この屋敷には政治、経済などで成功を収めているような有名な方が数多くお越しになります。しかし、誰でもお会いできるわけではないのですよ。青葉様にお目通りできるまでにいくつもの審査を通った方だけが、実際にこの屋敷に招待され、天狐様の力の片鱗を受けられます」

天狐の力。

父親からも少しだが説明を受けていた。七宮の事業が失敗知らずなのは、天狐の力の恩恵を受けているからだと。

しかし、その天狐の力がどんなものか真白は聞かされていない。

一部の者のみに秘匿されている重要なことなので簡単に教えられるものではないのだという。

天狐などおとぎ話だと思っていた真白は特に興味はなく聞き流していたが、父親の跡を継ぐため七宮で働き始めた時に教えてもらえるはずだった。

しかし、結局花嫁候補としてここに来ることになり就職できなくなったので、今も聞けずじまいである。

「天狐の力とはどういうものなのですか？」

朱里ならば知っているのではないかと問いかけてみるが、朱里は困った顔をする。

「申し訳ございません。私も華宮の姓は名乗っておりますが、詳細までは存じておりません。青葉様の側近の方々と分家の当主たちならご存知だと思うのですが……」

「私は教えていただけるのでしょうか？」

現在、一応真白は婚約者の立場である。

「真白様が正式に青葉様とご婚姻された暁には教えていただけるのではないでしょうか。そうなったとしても、他言はしないよう注意されるとは思いますが」

「なるほど」

今の真白ではまだ天狐の秘密を教えるには足りないらしい。

これまで気にしていなかった天狐という存在だが、実際に現存していると知り、天狐への興味が次から次へとあふれ出てきた。

真白はいつも決まった時間、決まった場所で、お茶を飲みながら庭の金木犀を眺める。

そこは真白が見つけた、金木犀が一番綺麗に見えるところだった。

座っていると、どこからともなく青葉がやってくるのだ。

真白が安全かを確認するように少しずつ、少しずつ距離を縮めてくる青葉に、真白は笑い声を抑えるのに必死だった。

今日もまた距離が近くなったと、日々の成果に達成感のようなものを覚えている。

そして、この日はいつもと違った。台所で朱里にお茶を淹《い》れてもらおうとしている真白が、お盆の上に置いたのはふたつの湯飲み。

「真白様？　どうして湯飲みがふたつあるのですか？」

朱里は当然不思議がる。これまではずっと真白ひとつ分しか用意しなかったのだから。

真白はクスクスと笑う。

ひとつはもちろん真白のもの。もうひとつは……。

「そろそろ一歩踏み込んでみてもいいと思ったので」

真白の言葉で、もうひとつが誰のものか言わずとも知れたようで、朱里は期待に目を輝かせる。

「承知しました！　一番高いものを持ってきます！」

朱里は大層張り切って、屋敷で最も高級な茶葉を使ってお茶を淹れてくれた。

そうして、いつものように軒先でお茶を飲み始めると、そっと青葉が姿を見せる。

たくさんある金木犀の中で、真白に一番近い木から覗《のぞ》いている。

その距離は、もう隠れる気はないだろとツッコみたくなるほどだが、本人はまだ木に体を隠しているつもりのようだ。

真白からだとほとんど全身が見えており、そのお間抜けさがかわいらしいと真白は小さく笑った。

そして、隠れられていない青葉に今日も声をかける。

「こちらに座って一緒にお茶をしませんか？」

青葉はじーっとお茶と真白を交互に見て、なにやら考え込んでいるようだ。

今日こそいけるかと真白が期待した次の瞬間、背を向けて逃げるように行ってしまった。

「あらあら。まだ早かったかしら？　でも、あと一歩って感じよね」

これはもう真白と青葉の我慢大会のようなものだ。

どちらが先に折れるのか。真白は負ける気はしていない。ふたり分のお茶を飲み干して朱里に持っていく。

空になったふたつの湯飲みを見て一瞬喜んだ朱里だが。

「残念ながらうまくいきませんでした。すみません」

その言葉で一気にしゅんとする。

それは聞き耳を立てながら台所で仕事をしていた料理人たちも同じ。その様子を見ると、本当に青葉は皆から愛されているのだなと実感する。

けれど、そんな彼らが青葉と会話することは滅多にないようだ。

「皆様もっと積極的に青葉様と接してみてはどうですか？」

そうしたら、真白と会話するハードルも下がりそうな気がする。

なにせ青葉が誰かと話しているところを真白はいまだ見ていないし、聞きもしていない。

この屋敷で働く者が青葉を褒め称えている場面にはよく遭遇するのに、青葉となにか話したのか聞いてみると誰もが口をつぐむのだ。

仕事ぶりはプロフェッショナルながら、青葉自身との交流はほぼなさそうなのが真白は気になっていた。

だから、使用人たちがもっと仲良くなったらなにか変わってくるのではと考えたけれど、その場にいた全員が激しく首を横に振る。

「青葉様の前で気絶するような醜態を見せるわけには参りません！」

「そうですよ！　青葉様のご迷惑になってしまいます」

などと、青葉に向ける愛情とは裏腹に消極的な言葉が返ってくる。

朱里に視線を向けてみるも、彼女も同じ気持ちなのか苦笑するだけでなにも言わない。

「困りましたねぇ」

青葉とどう距離を詰めていけばいいのか、真白は頭を悩ませる。

とりあえずその日から、毎日お茶をふたり分用意してもらうようにした。

翌日も、その翌日も、飽きもせず真白は青葉に声をかける。

「ご一緒にどうですか？」

しかし、真白が声をかけるや、すたこら逃げていく。

その様子を見ているうちに、青葉はいったいなにがしたいのだろうかと真白も疑問に感じてきた。

「興味は持たれているはずですのに、どうしてすぐ逃げてしまわれるんでしょうね？警戒されるようなことをした覚えはないのですけど」

ここまでして、なぜ近寄ってこないのか分からない。

怒っていたり恐ろしい顔をしていたりするならまだしも、真白はいつも微笑んでおり、怖がる要素はどこにもないというのに。

力だって強くない。腕を曲げてぐっと力を込めてみても、力こぶなど皆無である。

むしろ、天狐などという不可思議な力を持っている青葉を真白が警戒するなら分かるのだが……。

仕方ないので無理に近付かないよう気をつけながら、一方的に声をかけ続けた。

それから幾日か経った今のところ、ふたりの勝負は真白の惨敗である。

毎日ふたり分のお茶を飲み干し、気長に待ち続けたある日。

「あら？　今日は青葉様の姿が見えませんね？」

いつもならとっくに様子をうかがいに来ている青葉がどこにも見当たらない。なにかあったのだろうか。

「もしや、とうとうお役御免ということでしょうか？」

真白への興味がなくなったので姿が見えないのだとしたら由々しき事態だ。

このまま追い出されては不完全燃焼で終わってしまう。真白はまだここでなにもできていないのに。

「それかお仕事かもしれませんね」

昨日まではいつも通り様子を見に来ていたので、どちらかというと仕事の線が濃厚な気もする。

「今日は仕方ありませんね」

青葉が来るのは期待せず、真白はふたり分のお茶を飲みながらのんびりと庭を眺めることにした。

これまではなんだかんだ短大や就職のための勉強に社交にと忙しくしていたので、こんなにゆっくりと時間が流れるような生活は新鮮だった。

といっても、毎日毎日庭を眺めているだけでは少々物足りなくも感じる。退屈とまではいかないが、手持ち無沙汰になっているのは間違いない。

この屋敷での真白の立場は婚約者という名の客人。いまだ立ち位置が宙ぶらりんなので、ここでなにをしていいのか分からないでいた。

青葉には早く真白の立場をはっきりとさせてほしいのに、困ったものだ。

真白はぐいっと湯飲みを傾けて飲み干すと、ふうと息をつく。

青葉が来る様子もないので今日は早めに切り上げようかと、湯飲みをお盆の上に置いた時。

いつの間にか目の前に白い狐がちょこんと座っていた。

「あら？」

いつからいたのだろう。真白は今の今までまったく気がつかなかった。

「白い、狐？」

どうしてこんなところにいるのだろうかと、真白はこてんと首をかしげる。

屋敷に来て動物を見たのは初めてだ。

「こちらで飼われているのでしょうか？」

真白は履物を履いて庭に出ると、狐に近付く。

しかし、狐は病気を持っていたりするとも聞くので、そばに寄りすぎないように気をつけて狐を観察する。

ふわふわとした尻尾が揺れている。

「なんてかわいいのでしょう！」

その愛らしい姿に真白はひと目でメロメロになった。

「ちょっと待ってくださいね」

狐にそんなことを言って伝わるはずもないのだが、要は気持ちだ。

真白は写真を撮るべくスマホを取ろうと背を向けた。

その時、ぞわりとしたものが背に走った。

獣のような声に振り返ると、狐は二メートルを超すほどの大きさへと変化しており、真白は固まる。

「え……」

白い狐から発せられる強烈な殺気に、真白は足がすくみ動けない。

なにが起こっているのか理解できなかった。

分かるのは、目の前の狐がただの狐ではないこと。そして、真白に対して害意を向けてきているということ。

真白は、その場にぺたんと座り込んでしまった。

逃げなければと頭では分かっているのに、声も出なければ体も動いてくれない。

グルルルルと威嚇する狐が自分目がけて飛びかかってくるのがスローモーションのように見えたが、真白はどうにもできなかった。

「あ……」

恐怖におののいた時、狐が横に吹き飛んだ。

「え？」

呆然《ぼうぜん》とする真白の前に背を向けて守るように立ったのは、今日は姿を見せなかった青葉だった。

彼が冷たく冷静な眼差しで狐に手のひらを向けた直後、狐は光に包まれ燃え上がった。

「ぐぎゃぁぁぁ！」

狐は苦しそうに地面を転がってのたうち回る。

「雑魚が。下位の狐ごときが俺の庭に立ち入るとは身の程を知れ」

「ぎゃう、ぎゃううぅ」

苦しそうに呻《うめ》く狐はだんだんと小さくなり、最初に見た小さな狐へと変化していく。

燃える光は消えてなくなり、ぐったりとした狐だけが残された。

唖然《あぜん》とする真白の前に、手が差し出される。

それが青葉のもので、真白に手を貸してくれているのだと理解するのに少しかかったが、そっとその手を取り立ち上がった。

「大丈夫か？」

「はい。ありがとうございます？」

思わず疑問形になってしまったのは、状況が理解できていないからだ。

「あれはなんなのですか？」

「狐の下位のあやかしだ。いつの間にか入り込んでいたらしい」

「青葉様に宿る天狐と同じようなものですか？」

「同じと言ったら同じだが、まったく違うものだ」

どういう意味か真白には分からず、青葉を見上げながら首をかしげる。

じーっと見つめ合うふたり。

少ししてはっとしたようにおろおろしだしたのは、青葉の方だ。慌てて真白から顔をそむけ、狐に近付いていく。

狐はよろよろしながら顔を上げると、ポロポロと涙を流し始めたのである。

『ごめんなさい。ごめんなさい。もうしません』

その姿に目を見張る真白だったが、青葉は心動かされた様子はなく冷淡な顔で狐に手を向けた。

これからなにをしようとしているのか分からなかったが、嫌な予感がした真白は慌てて問いかける。

「どうなさるのです？」

「消滅させる」

「そんな」

「俺のテリトリーで悪さをするからだ」

狐は『もうしません。ちょっと脅かそうとしただけなの』と言っている。

助けを求め涙を流す狐がひどく不憫に見え、真白は考える前に体が動いていた。青葉の腕に抱きついたのである。

「なあっ！」

びっくりしたように声をあげて逃げようとする青葉から離れまいと、真白はしがみついた。

「かわいそうです。許してあげてくださいませんか？」

「あ、あれはお前を襲おうとしたんだぞ？　というか放せ！」

「いいえ、放しません。もうしないと言っているのですから、今回は許してあげてください。お願いします！」

さらにぎゅうぎゅうと抱きつけば、青葉が激しく動揺する。

「わ、分かった！　だから放せ」

言質《げんち》は取ったとあたふたする青葉からようやく手を放し、狐のもとへ行く。

「あの、大丈夫ですか？」

狐はえぐえぐと泣いており、服に土がつくのもかまわず地面に膝をついて座る真白へすがりついて大泣きした。

『うわーん！　ありがとうございますぅぅ』

「あらあら」

よしよしと撫でながら狐の状態を調べるが、大きな怪我をしているわけではないようだ。

「燃えていたように見えましたが、体は大丈夫ですか？」

『うん。大丈夫……。あのままだったら消されてたけど、これぐらいなら時間が経てば治るよ』

「それはよかったです」

ほっとした真白が振り返ると、青葉の姿はなくなっていた。

「お礼を言い忘れてしまいました」

真白の願いを聞き入れて、見逃してくれた。

「……そういえば、あんなに会話をしたのは初めてですね」

今さらだ。それに、会話できたこともそうだが、青葉に助けられたのを忘れてはいけない。

「ちゃんとお礼を言わなければ」

助けてくれたのに、狐を見逃せだなんて気分を害していないだろうか。

気にはなるが、今は目の前の狐を優先させる。まだ泣いている狐を撫で、落ち着くのを待って話しかける。

「私を襲おうとしたのですか？」

『ちょっと脅かそうとしただけだよ。怪我をさせるつもりもなかったし』

ちょっと視線が逸れているのがなんだか怪しい。

「本当ですか？　嘘をついていたら、また先ほどの方を呼んできますよ？」

そう言うや、びくっと体を震わせた狐はその場で土下座する。

『ごめんなさい。ごめんなさい。ごめんなさい。ちょっとだけ怪我させようと思ってました！』

ずいぶんとまあ正直者だ。なんだか憎めない。

「もう二度としないって誓えますか？」

『誓います！』

「絶対の絶対ですよ？」

『絶対の絶対です！』

真白は小さく息をつく。

こんなに怯えられると、真白が虐めているような感覚になる。実際は青葉を怖がっているだけだろうが。

「なら、もういいですよ」

狐は泣くのをやめて、真白を見上げる。

『許してくれるの？』

「もう悪さをしないのなら」

狐はこくこくと頷き、『もうしない。約束する』と力強く宣言した。

真白が柔らかく微笑みながら狐を優しく撫でると、狐はじーっと真白を見つめる。

『お姉ちゃん名前は？』

「私は真白ですよ」

『真白……。ねえ、私に名前つけて』

「ずいぶん唐突ですね」

なんの脈絡もないではないか。

『つけて、つけて』

甘えるように見上げる狐のかわいさに負けた真白は「そうですねぇ」と少し考えた末、口にする。

「白良《しらら》なんてどうでしょうか？」

『しらら？』

「白い狐さんにぴったりだと思いますよ」

『うん。白良！　今日から私は白良！』

するとと、急に白良の姿が変化していく。白い毛は白い髪へとなり、金色の目はそのままに、巫女《みこ》さんのような赤と白の装束を着た小さな女の子へと変わった。

これには、ちょっとやそっとのことでは動じない真白もびっくりだ。

「どういうことです？」

「本来私みたいな下位のあやかしには名前はないんだけど、真白が私だけの名前をつけてくれたから霊力が上がって人型をとれるようになったのー」

「そうなのですね」

「そうなのですー」

説明されてもよく分からなかったが、あやかしという存在自体、真白には理解が及ばぬのだから、深く考えるのをやめた。

「真白は命の恩人～」

とりあえず狐のあやかしに懐かれたらしいことは分かった。

そんな驚きの出来事があった後で白良を朱里や他の家人に紹介すると、最初こそ驚いていたものの比較的すんなりと受け入れられた。

さすが普段から青葉に仕えている人たちである。真白からしたら不思議で仕方ない白良の存在も、天狐ほどではないらしい。

それに、白良が屋敷で過ごすのを青葉が許したというのがなにより大きいようだ。

そうでなかったら、真白がどんなに頼んでも屋敷の人たちは受け入れてくれなかっただろう。

白良から助けてくれた件も含め、青葉にはお礼を言いたい。

なにはともあれ、白良も真白と一緒にご厄介になることになった。

狐の姿でも幼女の姿でも愛らしい白良は、女性たちを筆頭にずいぶんとかわいがられている。皆からおやつをもらって嬉しそうに食べている白良を見るかぎり、もう人を襲ったりしないだろう。

お菓子でほっぺたをいっぱいにさせる白良はなんともかわいらしく、屋敷の人たちをメロメロにしていた。

うまくやっていけそうで、真白も安心だ。

翌日、真白はいつもの場所で座り、待ち人が来るのを待っていた。

そして彼の姿が見えると、わずかにほっとする。

やはり昨日すぐに来なかったのはなにかしらの理由があったのだろう。その昨日とて、遅れてだがやってきて真白を助けてくれた。

真白の願いで白良も許してくれたのだ。きっと優しい人なのではないだろうか。

そんなことを思いつつ、真白は今日も声をかける。

「お茶をご一緒しませんか？」

いつものようにお茶に誘うと、普段なら背を向けていた青葉が金木犀の木から離れ、真っ直ぐに真白に向かって歩いてくるではないか。

そして目の前までやってきて、真白の隣に腰を下ろした。

いきなりの進展に真白もびっくりして目を大きくし、けれど、すぐに嬉しそうな笑顔を浮かべて青葉に湯飲みを差し出す。

「どうぞ。まだ温かいですよ」

微笑む真白をじーっと見つめてから、気まずそうに視線を逸らして湯飲みを受け取る。

青葉は終始無言で、お茶を飲み干すと湯飲みを置いてさっと行ってしまった。

空になった湯飲みを見て、真白は静かに興奮する。

「ついにやりましたー」

真白はぐっと拳を握り、達成感に浸る。

「ああ、でもこれで終わったわけではありませんね。次はお話をしていただけるようにならなければ」

決意を新たにする真白が、とうとう青葉がお茶を飲んだことを朱里に報告すると、一緒になって喜んでくれた。

そして朱里のやる気にも火をつける。

「明日は茶菓子もつけましょう！　少しでも真白様といる時間を稼ぐために、料理長に頑張ってもらいます」

「わぁ、楽しみです」

真白はパチパチと拍手しながら微笑んだ。

よく分からず白良も手を叩いている。真白が喜んでいるのが嬉しいようだ。

正直言うと、真白が楽しみにしているのは青葉と過ごす時間より、どんな茶菓子が出てくるかの方に若干傾いていた。

そして翌日、やってきた青葉を手招きすると、今度は悩む素振りもなくすっと隣に座った。

その素直さに、真白は己の粘り勝ちを確信して心の中でガッツポーズをする。

まるで手負いの狼を手懐《てなず》けていくような気持ちだった。

「どうぞ。今日はお茶菓子もありますよ」

湯飲みを渡してから、小皿に載せられた羊羹《ようかん》を青葉の横に置く。

料理長も満足の一品だ。今頃、白良も別のところで堪能していることだろう。

なにを考えているのか、じーっと羊羹を見る青葉に、真白は「甘い物はお嫌いでしたか?」と問う。

うかがうように青葉に目を向けると、顔を横に振って返事をしてくれた。

無言だったが、それでも真白の言葉に反応を返したことに変わりはない。

この調子で会話に持ち込もうと思っている間に、青葉はひと口で羊羹を食べ、流し込むようにお茶を飲み干すと駆け足で逃げていってしまった。

「え?　あっ……」

真白が止める間もない。お茶菓子で時間を稼ぐつもりが、逆にスピードアップしたような気がする。白良のお礼を言いたかったのに、口を出す隙すらなかった。

ひと言も話せなかったと知ったら、準備した朱里が残念がるだろうなと、真白も困った。

「甘い物はお嫌いだったのかしら?」

朱里からは甘味が嫌いだという情報はなかったのだけれども。

それに、嫌いならそもそも食べようとはしないだろうと首をかしげていると、どこからともなく舌打ちが聞こえて周りを見回す。

すると、曲がり角からこちらをうかがう朱里と、茶菓子を作った料理長や使用人頭がいた。

料理長の玄《げん》は短髪の厳つい顔立ちの男性で、使用人頭の葵子《きこ》は白髪交じりの髪をお団子にしている女性だ。ふたりは朱里よりも長く、それこそ先代の天狐の宿主が存命の時からこの屋敷に仕えている。

「あら、皆様どうなさったの？」

真白が声をかけると、三人はしずしずと姿を見せる。

「申し訳ありません、真白様。気になってしまって」

謝る朱里はばつが悪そうだ。

そして玄は、帽子を脱いでその場に土下座した。

「すいやせん！　きっと青葉様はわしらの気配に気づいて早々に去っていかれたんだと思いやす」

「まったく、玄が顔を出しすぎるからですよ」

そう言った葵子は玄の頭をぺしんとはたいた。

「そういうことでしたか」

真白は納得する。

「あの青葉様が女性とお茶を一緒にしたって聞いて、いても立ってもおられず……。それに青葉様を目の前にして、真白様が気絶しちまわないかってのも心配で」

そう玄は申し訳なさそうにしている。

「私ですか？」

自分の心配をされているとは思わなかった真白はこてんと首をかしげる。

「だってだって、あの青葉様ですよ！　もはや顔面凶器と言ってもいい美貌は慣れるとしても、身がすくむような天狐の気配を前にしたら長年仕えているわしでも直視できんです」

「ええ、ええ。私も先代様からお仕えしているので、青葉様から発せられる神々しい気配にはある程度免疫はありますが、他の若い子たちは腰を抜かせばいい方で、新人に青葉様と会わせようものなら気絶は避けられません」

玄と葵子の言葉に、朱里はうんうんと頷いている。

「一度も気絶した経験がないのは、先代から仕えている古株の方々だけですから」

「というと、朱里様も？」

朱里は数年前から仕えるようになったと聞いていたので、先代から仕えている者たちからしたら新人の分類だ。

「お恥ずかしながら一度だけ……。青葉様を真正面から直視してしまいまして」

朱里が恥ずかしそうに頬を染めたのを見て、玄が続ける。

「とまあ、華宮の名を持つ血の濃い朱里ですらこんな感じですんで、わしらが青葉様にお声をかけるなんてとんでもなく……。けれど、真白様は臆せず青葉様に話しかけていると朱里から聞いたもんで、どんな様子なのかとちょっとばかし気になったというわけです」

「まあ、そうなんですね。皆様もお話しになったらよろしいのに」

「そ、そんな、恐れ多いです！」

顔を青くさせて首を振る玄は、顔に似合わず小心者なのだろうか。

だが、朱里と葵子もとんでもないという様子であたふたしているので、別に玄だけがどうこうというわけではなさそうだ。

「私のような一使用人が天狐の宿主であらせられる青葉様にお声をかけるなどっ」

朱里が恐れおののいて言うので真白が葵子に視線を向けると、彼女も困ったように眉を下げる。

「わ、私は少しの間なら問題なく会話できます。これでも先代様の時からお仕えしておりますので。ですが、青葉様は先代様より遥《はる》かに天狐の気が強く、できる限り目を合わさないようにしております」

そこまでしなければならないのか。まるで危険物扱いである。

「えーと、皆様は別に青葉様がお嫌いなどということは――」

「それはありません！」

「とんでもねえです！」

「絶対にあり得ません！」

食い気味で三人はいっせいに否定する。

「私は青葉様をなにより大事に思っております」

「葵子だけじゃねぇです。この屋敷に仕えてる者は皆、青葉様が大好きなんです」

その必死さは真白にも大いに伝わってきた。

「私どもは青葉様にお仕えできることを誇りに思っているのですから！」

葵子が力強く語ると、玄が後に続く。

「その通り！　毎日毎日青葉様の口に入るもんは厳選に厳選を重ねて、喜んでいただけるように最高級の料理をお出ししてるんです。青葉様が食べられた後の空っぽの皿を見るのがどんだけ嬉しいか。それは他の料理人も一緒です」

厳つい顔についている目を輝かせる玄からは青葉への敬愛が見て取れた。

「けど、人間の本能は正直なんですよね……」

朱里の言葉に、そろってがっくりと肩を落とす三人。

一喜一憂して表情を変える三人を見ているとおもしろい。しかし真白は顔には出さないように心がけた。

「せめてわしに華宮の血が強く受け継がれていたら、天狐の気を前にしても耐えられたのに！」

玄は悔しそうに、床をダンダンと叩く。

「まあ、でもあの青葉様の容姿も難題ですよね。天狐の気がなくてもくらっときてしまいます」

と、朱里が絶望した様子でつぶやく。

「真白様！」

突然ガシッと真白の両手を握った葵子は、怖い顔で真白に顔を近付けてくる。

思わずのけ反る真白にこう訴えた。

「あの顔面凶器を前にしても動じない真白様が最後の希望です！　天狐の宿主である青葉様を前にしても微笑んでいられる、たわしのような心臓を持った真白様が必要なのです！」

「それを言うなら毛の生えた心臓では？」

「青葉様には毛ごときでは対抗できません！　たわし……いいえ、金たわしぐらいでちょうどいいのです」

なにげにひどい。真白に対しても、青葉に対しても。本当に大切に思っているのかとツッコみたくなるほどだ。

「お願いいたします。真白様が頼りなのです……」

途端に勢いをなくしてしまう葵子だが、握られた手の力は強く、青葉への思いが伝わってくる。

「青葉様は不憫なお方なのです。齢《よわい》五歳で天狐に選ばれてしまい、親元から離されてこの屋敷に閉じ込められるように暮らしてきました。尊い天狐の宿主様を外界の害悪から守るためとは聞こえがいいですが、軟禁のようなものです。それが五歳からですよ。人々からかしずかれ、大切にされているように見えて、子供らしい無邪気な子供時代を奪われてこの歳まで来ました。そんな青葉様がわしは不憫でならねえんです」

玄の表情からは悔しさにも似た感情が伝わってきた。

「せめて、母親があああでなかったら……」

「お母様ですか?」

「ええ、青葉様の母親です。いや、あんなの母親だなんて言えません」

「そうですとも」

玄と、彼に同意する葵子からは、青葉の母親への怒りが感じられる。

「なにか問題があるのですか?」

「……あると言えば大いにあります。しかし、それを真白様に伝えるのは早計かと存じますので、今は聞かなかったことにしてください」

「そうですか」

青葉の母親への疑問が残ったが、話せないというなら無理に聞くわけにはいかない。

「真白様。どうか、どうか、青葉様をお願いいたします」

葵子からだけでなく玄からも朱里からも必死さが伝わってくる空気の中で、否と拒否できるはずもない。

「分かりました。善処してみます」

次の瞬間、ぱあっと表情を輝かせる三人は、本当に青葉が大好きなのだと感じた。

それを見ていたら、真白も頑張ってみようという気になった。

四章

翌日は、気になっても誰も来ないようにと、ちゃんと注意を促してからお茶の時間に挑んだ。また青葉に逃げられたら困る。

なにやら屋敷の中では青葉と面と向かって話せる真白を勇者と称えているそうだが、その気持ちがあるなら他の人たちもぜひ頑張ってみてほしい。

しかし、真白のように隣でお茶を飲むなど一発で気絶してしまうので無理！という言葉が四方から飛んできたため、真白もあきらめた。

彼らは、そんな自分たちの不甲斐《ふがい》なさに落ち込んでいるので、責めたりもできない。

気絶するほどの気を発しているようには感じず、自分がただ鈍いだけなのかと真白は首をかしげる。

確かに父親や友人からは『鈍い』『天然』などと言われるが、真白自身に自覚症状などないので、いつも否定していた。

けれど、こんなあからさまに青葉への反応が違うと、自分はどこかおかしいのではないかと疑ってしまう。

昨日と同じ時間、同じ場所にやってきた青葉は、真白が誘わずとも隣に座った。

心の中でガッツポーズをして喜ぶが顔には出さず、いつも通りの笑顔を浮かべて迎えた。

改めてじっと青葉の顔を見てみる。

確かに顔面凶器と言えなくもない美しすぎる顔を持っている。

そこは間違いないのだが、ごくごく普通の青年にしか見えず、そもそも天狐の気配とはなんだ？と、真白にはそれ自体が分からないので困る。

むしろ彼に耳と尻尾がなくて残念でならない。真白にはそちらの方が重要だった。

「青葉様はお耳と尻尾は出せないのですか？」

ちょうどお茶請けの豆大福を手に持ったところだった青葉は、ぎろりと真白をにらんだ。

顔が整いすぎているせいか、強面の玄ににらまれるよりずっと怖い。だが、真白は平然としている。

「出せるわけがないだろう」

「ですが、狐ですよね？」

「狐ではない！　天狐の宿主なだけだ！」

青葉は眉間に皺《しわ》を寄せながら心外だとばかりに力強く訂正する。

「そうなのですか？　残念です……。わんちゃん用のブラシも用意してきたんですけど」

「なにを持ってきてるんだ！」

「きっともふもふな尻尾の毛のお手入れには必要かと思いまして」

「必要ない！」

言葉に出さずとも真白の目は『残念です』と雄弁に語っていた。

そんな真白は、なにやら普通に会話しているなと気がつくもかまわず続ける。

「そういえば、結婚式はどうしましょうか？　一応今は婚約者の身として滞在させていただいておりますが、いつまでも居候《いそうろう》という立場ではおれませんし、結婚するのかしないのかはっきりしていただきたいのですが」

追い出すのか、追い出さずこのまま結婚するのか。

この結婚は青葉の意志によって決定される。そこに真白の意見は必要とされていない。貢ぎ物として嫁ぐのが華宮に仕える分家の役目だからだ。

なんという時代錯誤な風習だろうか。

それに関しては真白も物申したいが、言ったところで黙殺されるのが関の山だろう。父親が再婚を逃げきれなかったように。

けれど、同じ強制でも義母と再婚した父親と違うのは、真白は青葉に対して悪い感情を抱いていないということ。父親は義母に微塵も情を感じることはできなかった。

真白も青葉を愛せるかどうか分からないが、だからこそ青葉の意志をきちんと明確にしてほしかった。

しかし、青葉は仏頂面で口を閉ざした。これでは彼の真意が分からない。

少しは仲良くなったかと思っていたのに、まだまだ足りないらしい。

「ふむ。とりあえず仲良くなるために、名前で呼び合うというのはどうでしょう？」

名案だと言わんばかりに表情を明るくする真白の急な提案に、青葉は目を点にする。

「は？」

「真白ですよ、真白。ほら言ってみてください。さあさあ」

「な、名前などどうでもいい！」

そう言ってふいっとよそを向いてしまった青葉の顔を両手で挟み、自分の方へ戻す。

青葉は非常に驚いた顔をしているが、真白は関係なさそうに不機嫌さを露わにした。

「どうでもよくなんてありませんよ。名前は親が最初に与える愛の詰まった贈り物なんですから」

真白は少し寂しさを宿した目で、柔らかく微笑む。

「私の名前が決まるまで、父と母はそれはもう悩みに悩んで、果てには離婚に発展しかねない夫婦喧嘩まで起こして大騒ぎした末に決めたそうです。まあ、結局父が折れたんですけど、いまだに根に持って当時の話を酒のつまみに愚痴るものですから、耳にたこができてしまいました」

クスクスと笑う真白を青葉がじっと見つめていたため、真白が視線を戻した瞬間、ふたりの目が合う。

「青葉様の名前も誰かが一生懸命考えた名前なのでしょう？　素敵ですね、『青葉』って」

するると、青葉はその美しい顔を歪ませてどこか傷ついた顔をする。まるでナイフでえぐられたような顔に、こちらの方が痛々しく感じる。

鈍い真白でもさすがに気づき、おずおずと青葉の顔色をうかがう。

「あの、もしかして余計なことを申してしまったでしょうか？　父にも『お前は時々余計なひと言を言う』と注意されるんです。そうでしたら申し訳ありません」

「……いや、そんなことはない」

「よかったです。じゃあ、呼んでください」

ころっと表情を変えて笑顔で催促する。

「なぜそこで急に『じゃあ』になるのかまったく分からん！　さっきの殊勝な態度はどこへ行った！」

怒るというよりはあきれた顔でツッコんでくる青葉は、年相応に見えた。

「いいから呼んでください。真白ですよ」

呼ぶまで顔を掴《つか》んでいる手を離さないぞと力を入れると、青葉はしぶしぶといった様子で「真白……」と口にした。

それを聞いて真白は嬉しそうに微笑む。

「はい！　青葉様」

「……お前は俺を真っ直ぐ見るんだな」

青葉は眩《まぶ》しいものから目を避けるように真白から視線をはずしてつぶやいた。

その声色にはどこか寂しさが含まれていると感じたが、真白は気づかなかったかのように微笑む。

「人と話す時は相手の目を見ろと躾《しつ》けられましたから」

「そういう意味ではない」

「じゃあ、どういう意味です？」

こてんと首をかしげると、青葉は自分の顔に触れる真白の手をそっとはずしながら沈痛な面持ちで話し始める。

「俺はこの屋敷の者たち……いや、俺と会うすべての者から嫌われている」

「え？」

真白はぽかんとした顔をしてしまう。

「だが、当然だな。俺は化け物なんだから……」

最初に顔を合わせた時に『俺は化け物ではない』と否定した口で、自分を『化け物』だと言う。

しかも、『すべての者から嫌われている』とはどういうことなのか。

真白の知る限り、青葉は屋敷に住む人たちから熱狂的に愛されている。どこに嫌われている要素があるのだろうか。

「嫌われているなんて、青葉様の勘違いでは？」

「勘違いなどではない！　誰も彼も俺とは目を合わせないし、話しかけたらすぐに逃げていくし、果てには目を合わせただけで気絶するんだぞ！」

言葉にするのもつらいというような傷ついた表情で、青葉は語る。

好かれているなんてひと欠片《かけら》も思っていない。確信を持って話しているけれど、それはまったくの見当違いなのだ。

真白はなんとも言えぬ表情を浮かべる。

「あー……」

確かに青葉側から見たら、使用人たちの行動は嫌われていると誤解してもおかしくない。

真白も最初は少しそう思ったぐらいなのだ。食い気味で否定されたけれど。

「俺は嫌われ、恐れられているんだ！」

「そんなことありません。皆様、青葉様がお好きですよ」

「下手な慰めはいらん！」

真白も朱里や玄たちの話を聞いていなかったら勘違いしていたかもしれないが、いかんせん〝青葉ラブ〟な家人たちの心の声を知っているだけに、盛大なすれ違いを起こしていると理解し、遠い目をした。

「やってきた婚約者もことごとく気絶するか泣きだす。俺の中にいる化け物を恐れているんだ。こんな俺と結婚なんて嫌なのだろうさ。当然だ。俺だってそんな男を伴侶なんかにしたいものか」

少々やさぐれているのは、これまでの経験からだろうか。

「俺は望まれていないんだ。俺の母親だって……」

青葉は苦しそうに顔を歪めた。

「お母様ですか？」

昨日も葵子と玄が話していたなと思い出し、真白は聞き返した。

「ああ……。俺には兄がひとりいてな、俺と違って頭もよく運動もできて、なんでもそつなくこなす人だった。母親はそんな優秀な兄に多大な期待を抱いていたんだ。次の天狐の宿主には兄が絶対選ばれると周囲に自慢していたほどだった。けれど、実際に天狐に選ばれたのは……」

「青葉様だった」

続く言葉を発せないでいる青葉に代わり、真白が口にする。

「……そうだ。天狐が宿った瞬間に俺は俺の姿をなくし、天狐の宿主になった」

天狐の宿主になると姿が変わるという話は本当のようだ。まあ、青葉の真っ白な髪を見れば嘘ではないと分かるが。

「さぞ、びっくりされたのではないですか？」

「ああ、びっくりした。それまでは黒い髪に黒い瞳のどこにでもいる子供だったのに、その瞬間から髪が伸び、色は白く、目は金色に変わった。そんな俺を見た母親は絶叫し絶望した。兄が選ばれると信じてはばからなかった夢が、俺によって潰されてしまったのだからな」

「ですが、我が子が天狐に選ばれたのは変わりないのですから、喜んだのではないですか？」

「いや、母親には昔から兄の姿しか目に入っていなかった。だから、兄ではなく俺が選ばれてひどくショックだったのだろう。姿が変わり、どうしていいか分からず混乱していた俺に向かって、『なぜお前が選ばれるんだ』と。次の宿主は兄だったはずなのにと責められた。他にもありとあらゆる罵声を浴びせられたよ」

青葉は自嘲気味に話す。

真白はなんと慰めの言葉をかけていいか分からなかった。どんな言葉も安っぽいものになりそうで、口にはできない。

「母親とまともに顔を合わせたのはそれっきりだ。一族の集まりの時にはやってくるようだが、俺は会いたくなくて滅多に顔を出さないし、母親からも会いたいとは言ってこない」

「お母様も混乱されてつい青葉様に厳しい言葉を吐いてしまい、顔を合わせづらいのでは？」

「いや、つい出た言葉ではなくて本心だろう。今も母親は兄ではなく俺が選ばれたことが許せないんだ。子供の頃は母親に会いたくて一族の集まりによく出席していたが、母親は俺をにらみつけるだけで、笑いかけられた記憶がない。俺は母親から望まれてはいない」

青葉はとても静かな顔をしていた。

悲しみでも怒りでもなく、あきらめきった顔を。

「お前は、名前を親が最初に与える愛の詰まったものだと言ったな？　ならば俺の名もそうだったのだろうか？　俺はそんな妄言をお前のように自信を持って口にできない。きっとこれからも……」

望んで宿主になったわけでもない五歳の子供が責められるとは。

天狐の宿主と崇められていても、それが幸福だとは限らないのだと教えられた。

母親の話題で玄と葵子が怒っていた理由は分かったが、ならば他の青葉の血縁者である、選ばれなかった兄や父親はどうだったのかと気になった。

しかしそれが母親同様、青葉にとってつらい記憶だった場合、これ以上話をさせるべきではないと思い、聞けない。

彼のつらい顔を見たくないと真白は話を変える。

「……結婚するためにやってきた女性たちを追い返したのはなぜですか？」

突然の話題の変更に青葉は目を見張ったが、すぐにどんよりと空気が重くなる。

せっかく話を変えたのに、これもまた聞くべきではなかっただろうか。

しかし、青葉はきちんと答えてくれる。

「わざわざ嫌がる女をそばに置く趣味はない。しかし、次の七宮からの娘を追い返したら他にまともな嫁がいなくなると年寄りどもに脅され、それならもう愛されるのはあきらめるしかないと……」

「あら、もしかしてこの結婚に愛は必要ないとおっしゃったのは、私が嫌がっていると考えて、青葉様ご自身を無理に愛さなくてもいいという意味だったのですか？」

真白の問いに、青葉はこくりと頷いた。

「どうせ俺のような化け物なんかを愛する人間なんていないから、役目のためと義務的に俺を愛そうと無理する必要はないと言いたかった。俺は口下手だからうまく伝えられたかどうか分からないが……」

これは予想外だ。まさかあの発言が真白への親切心から来る言葉だったとは。

「私はてっきり青葉様が政略結婚を嫌がって、お前のような奴を愛するつもりはないから身の程を知れ！と警告していたのだと思っておりました」

「ち、違う！　そんなつもりはない……」

真白の勘違いを聞きショックを受けてうろたえている青葉の様子に、真白は頬に手を当てた。

「あらあら」

先ほどから青葉と話していたら、彼に抱いていた印象ががらりと変わっていくではないか。

「どうしましょう？」

「どうしましょうとはどういう意味だ？　やはり俺との結婚は嫌だから帰るのか？」

青葉は急にオドオドとしだした。

その反応は、真白にここにいてほしいと思ってくれているということなのか。

「青葉様はどうしてほしいですか？」

「え、俺？　お、俺は……」

目に見えて狼狽する青葉はきょろきょろと視線を動かし必死に言葉を探している。

助けを求めているようにも見えるが、ここに青葉を助ける者はいない。少し虐めすぎたかと真白は反省した。

接してみて、青葉が人と話し慣れていないのがよく分かる。

湯飲みを持ち、もう冷めてしまったお茶をひと口飲むと、咲き誇る金木犀に目を向けた。

「青葉様は不器用な方なのですね」

「それは否定できない」

肩を落とす青葉に真白はクスリと笑う。

「青葉様はこの結婚になにを望みますか？」

「俺がなにかを言えた義理じゃない。一族の娘たちは役目を果たすために無理やりこへやってくるのだから」

落ち込んだ声。沈んだ顔。その姿は神のごとき天狐に選ばれた崇高な存在ではなく、ひとりの男性にしか見えなかった。

「けれど、もし……。もしも我儘が叶《かな》うなら、愛してほしい。こんな化け物でも目を見て笑いかけてほしい。怖がらず手をつないで歩きたい」

嫌われていると勘違いし、それを寂しく感じつつも人を思いやることは忘れていない。誰よりも人を愛し、愛されることを願っている。

ああ、なぜだろう。そんな彼を放っておけないのは。

「これが母性を刺激されたというものでしょうか？」

「ん？」

　意味が分からなかったのか、青葉はきょとんとしている。

「こちらの話ですよ」

　真白はふふっと小さく笑った。そして、青葉の手を握る。

　はっとした顔をする青葉の目は、動揺したように真白とつながれた手とを行き来する。

「では、まず手をつないで庭を歩いてみませんか？　あなたを愛するかどうか今はまだ分かりませんけど、私はあなたのことを好ましく感じています」

　最初の出会いこそ難ありだったが、彼の本心と心根を聞いた今、嫌いになどなれない。優しい人だと知ってしまったから。

　真白の言葉に息をのむ青葉。

「青葉様はどうですか？　私ではお嫌ですか？」

　微笑みかける真白に困惑した顔をする青葉だが、次の瞬間には意を決したように真白の手を握り返した。

「……正直言うと、俺にもまだ愛し愛されるという関係がよく分からない。けれど、俺を真っ直ぐ見るお前が気になって仕方ないんだ。だから、お前に好きになってもらえるように頑張る」

「ええ、頑張ってくださいね。私も、青葉様に好きになってもらえるように頑張ります」

真白の宣言に、青葉は顔を真っ赤にする。

それがおかしくて、真白はクスクスと笑った。

「それと、私は真白です。『お前』は禁止ですからね」

「そうだったな。分かった。真白」

「はい！」

照れるように名前を呼んだ青葉に真白は満足そうにし、花が咲くようにぱっと笑った。

青葉との誤解が解け、金木犀の花が舞う庭で手をつなぎ散歩するふたりの姿を多くの屋敷の人たちが目撃し、歓喜した。

中には涙を流してその様子を陰から見守る人もいたとか。


そして真白は、早速この華宮の屋敷で起こっている問題の解消に動くことにした。

早ければ早いほどいい。青葉のためにも使用人たちのためにも。

真白は主立った使用人たちをひとつの部屋に集めた。

「皆様、お集まりいただきありがとうございます」

真白は集まった人たちを見回してにっこりと微笑んだ。

「あの、真白様。なにかあったんですかい？　それか我々がなんかしちまいやしたか？」

戸惑ったように玄が声をあげる。

気持ちは他の使用人たちも同じようだ。全員が呼び集められた理由が分かっていない様子。

まあ、それも仕方ない。彼らは青葉に誤解されているなんて想像すらしていないのだから。

「今日お呼びしたのは青葉様についてです」

「青葉様の？」

こっくりと深く頷いて、真白は苦笑する。

「昨日、青葉様とお話をしました」

それを聞いてぱっと表情を明るくする使用人たち。

「見ましたよ。青葉様と庭を散歩しているの。いやあ、ああしているともう夫婦同然の雰囲気でしたね」

「真白様ならやってくれると信じていました」

「さすがです、真白様！」

玄、葵子、朱里と、それぞれが嬉しそうに称賛する。

ふたりが散歩していたのを見ていた者は多く、この場にいた誰もが表情を柔らかくして口々に話し始める。

「青葉様のあんな表情は初めて見たかもしれません」

「ええ、真白様に心を許してらっしゃるのが伝わってきました」

「いつもはピリピリとした空気を発していらっしゃって、近寄るのもはばかられるほどだったのに、昨日はお世話をする時も天狐の気配が抑えられていたような気がするわ」

ワイワイと微笑ましそうに話す人たちは、青葉への嫌悪感も恐怖心もない。

怖がられているという青葉の心配は杞憂《きゆう》なのだ。

だが、それを青葉はもちろん、この屋敷の人たちも分かっていない。

「昨日、青葉様とお話して、大きな齟齬《そご》に気がついてしまいました。これはあなた方の大事な青葉様にとっても皆様にとってもよくないことです」

微笑みを消して真剣な表情をする真白の言葉に、全員が首をひねった。齟齬とはなんだ?と疑問符が浮かんでいる。

まさか誰ひとり分かっていないなんて、やはりここの屋敷の人たちと青葉は交流が足りなさすぎるようだ。

「青葉様はひどく傷ついておられました。自分は周りの者たちから嫌われていると。その中には皆様も含まれていますよ」

真白の言葉に慌てたのはここにいる全員だ。

「えっ！　嫌ってなどおりません！」

「そうですよ！　微塵も思ったことありません！」

否定する言葉がそこかしこから聞こえてくる。かなり動揺しているようだが、真白の想定内の反応だ。

「ですが、事実です。自分と目を合わせない。合わせたとしても気絶する。泣きだすなどと、普通に考えたら嫌われていると勘違いしてもおかしくないと思いませんか？」

真白が諭すように全員に話しかけると、途端に玄から反論が飛んでくる。

「けど、青葉様の目を見ると途端に体がすくんじまうんです。先代から仕えている俺や葵子はそれで済みやすすが、今代から仕え始めた者は気絶しちまいます。天狐の気配は人間には強烈なんですよ。だから直視できなくて……」

「あなた方に他意がないのを私はお聞きしたので知っています。ですが、青葉様に理由を伝えましたか？」

「あ、いや、えっと……」

玄はきょろきょろと周りの反応をうかがうが、他の人たちも同じように周りを気にしている。皆が皆、誰かが伝えていると思っているのだろうか。

だが、誰ひとり青葉に伝えていないのが全員の反応で分かる。

「はっきり申し上げますと、皆様のせいで青葉様は大層傷ついておられますよ」

まさに驚愕《きょうがく》という顔をして固まる面々に、真白は嘆息する。

「青葉様を悲しませたままでよろしいのですか？」

「よ、よくありません！」

誰より早く硬直から解けて声をあげたのは葵子だ。さらに玄が続く。

「まさか青葉様にそんなふうに思われているなんてぇ！」

驚きで声が裏返っていた。

他にも、あまりのショックに声を出せない者もいる一方で。

「あわわわわ」

「なんてことでしょう」

「どどどどうしたらららら……」

あからさまに動揺している者もいる。

その様子を見て、本当に気がついていなかったのだなと分かる。

「青葉様に謝罪をっ！」

玄は勢いよく立ち上がり、部屋から飛び出した。

「私も！」

「私めも！」

その後を何人もの人たちが続く。向かうのは青葉の部屋だ。

止める間もない皆の行動に、真白も慌ててその後を追う。

青葉の部屋は屋敷の敷地の中でも最奥と言ってもいい場所にある。まだ不安定な立場でここに暮らす真白は、いまだに立ち入ったことがない場所だ。

しかし、今はそうも言っていられない。

「皆様、分かってらっしゃるのかしら？」

玄をはじめとした者たちは頭が真っ白になって忘れているようだが、青葉を前にした者たちがこれまでどんな状況になってきたか、冷静な真白だけは忘れていなかった。

青葉の部屋と思われる場所にやってくると、すでに使用人たちは集まっており、青葉の前で号泣していた。

「誤解ですぅぅ」

「いつも気絶してすみませぇぇん！」

「本当は大好きなんです！」

「青葉様ラブゥゥ！」

突然やってきた使用人たちにすがられている青葉はおろおろしている。

「なんだ、なんなんだ⁉」

「すみませんすみませんすみません！」

「違うんです、本当です」

「ごめんなさいぃぃぃ！」

謝り倒す使用人たちだったが、顔を上げて青葉と目が合うや天狐の気にやられる。

「ぐはっ」

「はう……」

「きゅう……」

うっかり目を合わしてしまったがためにバタバタと倒れていく使用人たち。

「やばい、気絶しやがった！」

「こっちもだ」

「馬鹿もん！　青葉様を間近で見るからだ」

倒れた者のほとんどが若者だ。さすがに先代から仕えていると思われる年配の者は耐えていた。

「起きんか、コラ！」

「なにしに来たんだ！」

「ここで気絶したら意味ないでしょうが！」

「起きるのよ！」

無事な者たちは、倒れた者たちを容赦なくペチペチ叩いて起こしていく。

室内の惨状を目にした真白は苦笑を浮かべる。

「あらあら、困りましたね」

心配していたことが現実になった。

青葉と目を合わせられないと話していたのに、なんの対策もせずに青葉に会いに行くなんて、こうなるのは当然だ。

「真白、どうなっている？」

青葉は途方に暮れた表情で真白に目を向ける。

「皆様、青葉様の誤解を解きに来られたのですよ」

「誤解？」

青葉は分かっていないようだ。

「青葉様が言ってらしたじゃありませんか。周りから嫌われていると。それを皆様にお伝えしたらショックを受けられて、そうではないと訂正したくて来られたのですよ」

真白が説明するが、嫌われていると思い込んでいる青葉には通じない。

「誤解もなにも……」

あきらめきった顔が、青葉の凍った心を表している。

「青葉様、皆様は誰ひとりとして青葉様を嫌ってなどおりませんよ」

「いや、だが……」

信じられないのだろう。長年にわたる思い込みを変えるのは簡単ではない。

「確かにこの状況を見ると信じがたいでしょうが」

気絶した者たちとそれを必死で叩き起こす者たちという、カオスのようなこの場の光景では疑いたくもなる。

だが、青葉はちゃんと皆に愛されているのだと知ってほしい。

続々と目が覚める中、玄が動いた。

「青葉様！　確かにわしは青葉様が怖いです」

素直な玄の言葉に、青葉は少し悲しげにする。

「けど、青葉様を嫌ったことは一度としてありません！　これだけは胸を張って言えます。わしは青葉様が大好きです。五歳で天狐に選ばれ、文句ひとつ口にせず勤めを果たす青葉様をわしは尊敬していやす」

「私も！」

「俺もです！」

「青葉様にお仕えできてどれだけ誇りに思っているか」

玄の後から次々とあがる声に、青葉は目を大きくする。

「ほら、言いましたでしょう？」

真白はふわりと柔らかく微笑む。

「だが……」

玄たちの言葉を信じたい。けれど、信じきれないという葛藤が垣間見える。

「俺と目を合わせると気絶するんだ。泣いたり叫んだりするし、俺と話すのも必要最小限だ。それは俺が望まれていないからで……。もし俺の兄が宿主だったら、そんなこともなかったはず──」

「うーん、どうも話を聞いているとそれも違うみたいですよ？」

真白が青葉の言葉を遮るように口を開くと、「えっ？」と青葉も不思議そうな顔をした。

「青葉様は望まれていないからとか、天狐に選ばれた化け物だから嫌われているって思われているんですよね？」

「事実だろ」

「皆様の話だと、青葉様どうこうではなく天狐の宿主だからのようですよ」

「ん？」

青葉は理解できないというように首をかしげる。

「青葉様は先代の宿主の方より力がお強いらしく、その強すぎる天狐の気に耐えられない。つまり畏怖してしまい、気絶したり泣いちゃったりするみたいです」

「そう……なのか？」

青葉は一番近くにいた玄に目を向ける。

一瞬目が合った玄は慌てて視線を逸らし、こくこくと頷いた。

「はい。多くの者が天狐の気を前にすると身がすくんでしまいやす。先代様の時も似た感覚があり、なんとか耐えられたんですけど、青葉様は先代様より遥かに天狐の力が強いので、目を合わせるのはちとしんどいです……」

玄は本人を前に言いづらそうにしながらも、素直に告げた。

「華宮の血が濃いと天狐への耐性も強いみたいなんですが、わしはそこまで華宮の血が濃くないので……」

申し訳なさそうにする玄に続いて、葵子が口を開く。

「青葉様のそばつきはできるだけ華宮の血が濃く、かつ、先代からお仕えして天狐の気に慣れた者をつけているので気絶するまではいかないのですが、真白様のように目を合わせてお話するとなると少々……というか、かなり難しいです」

青葉はかなり驚いた顔をしている。

それが真白には違和感だった。

「青葉様はこれまでそういったお話はお聞きにならなかったのですか？　結構大事な

知識のようなのですが」

「初めて聞いた……」

「あらあら。それは周囲の方たちの怠慢ですねぇ」

あきれを含んだ真白の言葉にびくっと身体を震わせたのは、使用人頭である葵子と、数名の古株の使用人だ。

「申し訳ありません。てっきりご存知かと……」

萎縮する葵子ひとりの責任ではないだろうが、先代の時から使用人を取りまとめる葵子の責任は大きい。

天狐の宿主となった当時、五歳だった青葉が手にできる知識ではなかったのだから、誰かが教えておかねばならなかった。

そうしたら、青葉は嫌われているなどと勘違いしなかっただろうに。

きっと誰かが話したと皆が思い込み、結局誰も話さなかったというところか。

真白がここに来なければ、ずっと知らぬまま青葉は悲しんでいたのかと思うとやるせない。

真白は小さく息をつき、青葉に優しく声をかける。

「青葉様、これで少しは信じてくれましたか？　あなたは嫌われていませんよ」

「……………」

言葉を発しない青葉の目から、ホロホロと涙が零れる。

少なくともここにいる人たちからは嫌われていなかったと、ようやく理解してもらえたようだ。

静かに泣く青葉に、玄たちはおろおろする。

「あ、青葉様！」

「申し訳ございません！　そんな勘違いをさせてしまっていたなんて」

「な、泣かないでくださいっ」

そう言いつつ逆に泣きだす使用人がいる中、その場の空気はとても優しいものだった。

真白は青葉のそばに行き、手を握る。

「大丈夫ですよ。わざわざ願わなくとも、あなたはちゃんと愛されています」

「……ああ、そうだな」

涙を流しながら晴れやかに笑う青葉はとても美しく……。

「あ、無理……」

「美しい……」

「我が人生に悔いなし……」

青葉の微笑みを直視してしまった人たちが次々にぶっ倒れていった。

どうやら天狐うんぬんを別にしても、青葉の美しさは凶器のようだ。

＊＊＊

華宮青葉。

天狐の力により繁栄してきた名家の生まれだが、天狐などと説明されても、まだ五歳だった青葉にはよく分からなかった。

青葉はごくごく普通の、どこにでもいる五歳児だ。ただ、その顔立ちは神が作った天使のごとく綺麗に整っていた。

父親からは、『お前は〝傾国の天女〟とまで呼ばれた俺の母親そっくりだな』と、よく言われていたぐらいだ。

青葉には傾国がなんなのか分からなかったが、あまりいい意味には感じられなかった。

まだ幼いから理解しないと思っているのかもしれないが、父親の忌まわしそうな顔を見ていたら嫌でも察する。

子供は子供なりに、大人の機微をよく見ているのだ。

会うたびに青葉にそんなことを言う父親は、滅多に家に寄りつかない人だった。

父親だとは理解していたが、あまり親しさを感じられる相手ではなかった。

たまに帰ってきても、義務とばかりに青葉の様子を確認して、すぐにいなくなる。

家にいる時は必ずと言っていいほど母親と口論しているので、青葉はあまり父親が帰ってくるのをよくは思っていなかった。

なにせ、その後八つ当たりとばかりに母親が物を壊して叫ぶので、青葉は自分の部屋にこもって怯えているしかできないでいたからだ。

そんな父親のせいで、家庭内は殺伐としていた。

家の実権は母親が握り、取りまとめていたが、青葉は放置気味だった。

青葉には五歳離れた兄がいる。幼い頃から優秀で、青葉と同じ五歳ですでに絵本ではなく辞書を読んでいたとか。

運動もでき、社交的で友人も多い。何事もテキパキと軽くこなす、優秀な兄。

内向的で友人が少なく、部屋で静かに過ごす方が好きな青葉とは真逆の存在だ。

青葉は同世代の子供たちと比べて、決して劣っているわけではない。年相応の成長をしていたが、母親から見るとどうしても劣っているように感じたようだ。

青葉にはそうそうに見切りをつけ、優秀な兄にのみその関心を向けていた。

親の愛情が必要な子供なのに、父親からも母親からも満足に与えられない日々。

自分がもっと優秀なら母親も自分を見てくれるのではと、青葉も兄を真似て辞書や難しい本を開いてみたが、幼い青葉に理解しえる内容ではなかった。

年齢を考えれば当然だ。

けれど、兄にはできたことができない青葉に対して、母親は冷たい。

いっそなにかしらでも感情を向けてくれればよかったのだが、母親は青葉に対して常に無関心だった。

まるで青葉が見えていないように兄ひとりをかわいがる母親の姿を、青葉は眺めるだけ。

どうしたら母親は自分を見てくれるのだろう。関心を向けてくれるのだろう。

方法が分からない。

他に愛情を与えてくれる人がいたらよかったのだが、よくも悪くも家の使用人たちは淡々としていた。　子供が相手であろうと変わらない。

使用人たちもまた、兄に劣る青葉に気を使う必要はないと思っていたのかもしれない。そこは幼い青葉では判断できなかった。

自分は必要とされていないと肌で感じながら、居心地が悪く過ごしていたある日、母親と兄、そして久しぶりに帰ってきた父親とともに出かけることになった。

青葉は一家が集まったこの機会を純粋に喜び、はしゃぎたくなるのをぐっとこらえてソワソワしていた。

連れてこられた島は、初めて来る場所だ。

そもそも家族で旅行や遊びになど行ったりしないので、初めてなのは当然のこと。だからこそ、青葉は家族一緒に出かけられるのが嬉しかった。

着いたのは、自分の家より大きな屋敷。

近代的な都会の家で暮らしてきた青葉にとって、時代を感じさせる古い建物にはひどく驚かされた。

中に通され、青葉は遅れないように両親と兄についていった。三人は青葉のスピードには合わせてくれないので、それはもう必死だ。

屋敷の中は想像以上に大きかった。通された部屋は一面に畳が敷かれており、幾人もの人が集まっている。

その中には青葉ほどから兄ぐらいの年齢まで、何人もの子供たちがいた。そばにいる大人はきっと両親なのだろう。

青葉とは違い家族で仲がよさそうに談笑していて、羨ましさとわずかな妬ましさを感じる。

これだけ近くにいるのに、父親は青葉を一瞥《いちべつ》すらせず、母親は兄と会話するばかりで、誰も青葉を気にしない。

両親がそろっていても、青葉は孤独だった。

泣きわめきたいような言葉にならない噴き上がる気持ちを押し殺して下を向いていると、鈴がシャンシャンと鳴った。

その瞬間、室内には一気に緊張感が走る。

「天狐様のおなりです」

そんな女性の声が響くと、いっせいに頭を下げる。

両親と兄も座礼したので青葉も慌てて真似るが、青葉のように戸惑い親から叱られている子供が何人かいた。

続いていた鈴が鳴りやむと、その場にいた人たちがゆっくりと頭を上げていく。青葉も訳が分からぬまま頭を上げた。

全員の視線の先にある前方には御簾《みす》がかかっており、中は見えない。そこから声が発せられた。

「皆、遠いところをよく来た」

かなり年配だと思われるその声を聞くや、ぱたぱたと数名の子供が倒れていく。

青葉は最初、急に眠ったのかと思ったが、どうやらそうではなさそうだ。

「お、起きなさい」

「駄目だ、気絶するな」

「耐えるのよ」

などと、大人たちが必死になって自分の子供に声をかけたり、倒れた子の体を揺すっていた。

いったいどうしたのかと、青葉は首をかしげる。

ふと隣にいる兄を見ると、苦しそうに顔を歪めていた。

懸命になにかに耐えている様子に、青葉は声をかけようとしてやめる。もし無視されたら悲しいから、勇気が出なかった。

兄との仲はよくも悪くもなくという感じだ。母親と同じように青葉への関心がないらしく、滅多に会話しない。

以前、兄に遊ぼうと勇気を出して話しかけたこともあったが、『くだらない』のひと言で切って捨てられた記憶が残っていた。

またあんな嫌悪感に満ちた目で見られたり、無視されたりするのは悲しい。

そんなことを青葉が考えている間にも、次々子供が倒れていく。

起きている子供は青葉と兄を入れて、最初の半数以下になっていた。

なにが起こっているのだろう。青葉はきょとんとしながらきょろきょろしていた。

少しして、再び御簾の向こうから声が聞こえる。

「……もうよいだろう。今起きている者を候補者とする」

その言葉が終わるとともに鈴が鳴る。

そして少しののち鈴の音が聞こえなくなるや、母親の喜ぶ声があがった。

「よくやったわ」

嬉しそうに隣の兄を抱きしめていた。

羨ましい……。

自分には決して向けられない母親の笑顔。

隣には自分だっているのに見向きもしない母親に自己主張したら、母親はどんな反応をするだろうか。

それを試す勇気は青葉にはない。

母親と兄の様子を視界に入れないようにしながら周囲を観察すると、倒れた子供の親は落胆し、起きていた子供の親は喜び子供を褒めていた。

理由が分からぬままでいた青葉だったが、この屋敷の使用人から、御簾の向こうにいたのが当代天狐の宿主であり、青葉の曽祖父に当たる人だということ。

今回は次代の宿主の候補者を選別するための場であることを教えられた。

それがどれだけ重要な意味であったかを理解するのはもっと成長してからである。

そんな重大な場であると知らなかった……いや、知らされていなかったのは、青葉だけだった。

母親はわざわざ教える必要はないと判断したのだろう。

いかに青葉が母親から興味を持たれていないかが分かるというもの。

それから一年としないうちに、青葉は再び曽祖父の屋敷を訪れていた。

どうやら曽祖父が危篤らしい。それで宿主の候補者が集められたのだ。

天狐は宿った人間が亡くなると、すぐに次の者へ宿る。

それが誰になるかは人間には分からない。

少なくとも候補者の中の誰かだということだけだ。そして、選ばれれば生涯、天狐の宿主として生きていかなければならない。

「大丈夫よ。きっとあなたが選ばれるんだから」

そう力強く兄に話す母親から取り残されたようにぽつんと佇《たたず》む青葉。

候補者に残ったのは青葉もなのだが、彼女の眼中にはないようだ。

「お、お母さん」

自分にも目を向けてほしくて、青葉は勇気を出して声をかけた。

しかし、返ってきたのは感情のない眼差し。

「あなたは大人しくどこかで遊んでいなさい。お兄ちゃんはこれから忙しくなるの。今は大事な時で、あなたの相手をしている場合じゃないのよ。分かるでしょう?」

「……はい」

まだ五歳なのに青葉はすでに我慢を覚えていた。

我儘すら口にできない。いや、させない無言の圧を常に母親から感じていた。

それでも青葉はまだまだ親に甘えたい年頃。

聞き分けのよさは他の五歳児と比べものにならないが、大人のように割りきれるわけではない。

それが顔に出ていたのだろう。母親が眉根を寄せた。

「不満そうね。あなたの兄が天狐様に選ばれるのよ。子供のあなたには分からないかもしれないけど、素晴らしいことなの。だから、あなたも喜びなさい」

「はい……」

喜べと言われてもなにを喜べというのだろうか。

そもそも幼い青葉に天狐という存在を理解しきるのは難しい。候補者ということ自体あまりよく分かっていないのだ。

それでも、母親に嫌われたくない一心で頷くと、なんのためらいもなく青葉に背を向けて兄を連れていってしまった。

しばらくはその場で母親の動向をうかがっていると……。

「とうとう代替わりの時が来たか」

「次は誰が選ばれると思う？」

「さあな。だが、自分の子が選ばれたらそれは鼻高々だろうさ。華宮の権力を得たも同然なのだからな」

「早く決まらないものか」

ひそひそと大人たちが話をしている。その会話はまるで早く曽祖父が亡くなるのを待ち望んでいるかのようにも聞こえ、子供ながらにいい気持ちではなかった。

「きっと、うちの子が選ばれるわ。神童とまで言われている子ですもの。この子じゃなければ他に誰がなれるというの？」

そんなふうに兄を自慢している母親を寂しげに見つめるが、母親が青葉に注意を向けることはない。

仕方なく青葉は居場所を求めて屋敷の中を歩いた。

小さな青葉がひとりで歩いていても、誰も気にかけたりはしない。

天狐の宿主が危篤と聞いて屋敷に集まってきた親戚は数多く、幾人もの人とすれ違ったが、誰もが曽祖父の容態の方が気になってそれどころではないのだ。

候補者の選別で残った子供の姿もあったが、そんな子供には必ず親がそばにいた。

その様子を見ていると、ひとりぼっちの自分が悲しくなってくる。

あてもなくさまよう青葉は、庭の見える場所へとやってきた。

金木犀の花が舞い落ち、庭一面に黄金色の絨毯《じゅうたん》を敷いたかのよう。青葉は『金木犀』という名前すら知らなかったが、その光景の美しさは心に刻まれる。

「わあ、すごい」

青葉はあまりの美しさに目が離せない。裸足なのもかまわずに、誘われるようにして庭へ降りた。

「なんの花だろう。綺麗だ」

この花の名前を知りたかったが、青葉の疑問に答えてくれる人は周りにいない。誰もが曽祖父の行く末が気になっているのだ。

しばらく庭を散策していると、にわかに屋敷の中が騒がしくなった。慌ただしく廊下を走っている者もいて、青葉は首をかしげる。

「なに?」

母親にはひとりで遊んでいろとは言われたが、一度戻った方がいいだろうか。

庭から建物の方に向けて歩きだしたその時、青葉はなにかの気配を感じて足を止め空を見上げる。

しかし、そこにはなにもなく、気のせいかと思った。しかし次の瞬間、青葉の中になにかが入ってくる感覚がした。

とても大きくあふれんばかりのなにかは、青葉の中で蠢《うごめ》く。

得体の知れないそれに、青葉は恐怖と戸惑いを感じ息が荒くなる。

胸を押さえてうずくまり、しばらくすると、ようやくそのなにかは収まった。

まるで最初から青葉の中にあったかのように、しっくりと青葉にはまったのだ。

なんだったのかと疑問符を浮かべる青葉が立ち上がると、視界に白いものがかすめる。

それは髪だった。しかも青葉自身の。

「えっ……？」

腰の位置よりも長くなった白い髪を信じられない様子で強く引っ張る。

頭皮に感じる痛みから、それは間違いなく自分の髪であると分かったが、青葉の髪は黒い上にこれほど長くはない。

「なに？　どうなってるの？」

先ほどのことといい、自分の身になにが起こっているのか分からず呆然とする青葉に、悲鳴が聞こえた。

「嫌あぁぁぁ！」

その場の空気を切り裂くような声の先には、青葉の母親が顔を青ざめさせて立っていた。他にも、多くの大人たちが青葉を見て驚いている。

「お母さん」

この白い髪はなんなのか。どうして母親はそんな顔をしているのか。

理由と助けを求めて手を伸ばす。

「お母さん、僕……」

けれど、その手は残酷なまでに振り払われた。

「痛っ……」

バシンッと、音を立てた手に痛みが走る。

これまで兄優先でないがしろにされてはいたが、暴力を振るわれたことは一度としてなかった。だからこそ、青葉は手を上げられたのがショックでならない。

「お母さん？」

母親は目を吊り上げ、まるで親の仇を見るような眼差しをしていた。

母親の視界に入りたいとは思っていたが、そんな恐ろしい眼差しを向けられたかったわけではない。

「どうして……。なぜお前が天狐様に選ばれているの⁉　お前のような能力の劣った人間が、どうして！」

憎々しげに発せられた言葉は青葉を傷つける。

「お、お母さん……」

「選ばれるのはあの子だったはずなのに。どうしてこんな……。あり得ないわ！　あり得ないあり得ない！」

壊れたように『あり得ない』と繰り返す様は異常で、そんな母親を前にして青葉もどうしていいか困惑する。

「返しなさい！　宿主になるべきなのはあの子なのよ！」

兄ではなく青葉が天狐に選ばれたという目の前の現実が受け止めきれないのだろうか。

周りの目も気にせず怒鳴り散らす母親を、青葉は呆然と見ているしかできなかった。

さらに母親は鬼の形相で青葉の肩を痛いほどに掴み揺さぶる。

「お前ではないのよ！　早く、あの子に天狐様を渡しなさい！」

母親の剣幕に、成り行きを驚いて見ていた周囲の大人もようやく動きだす。

「お、おい、やめないか」

「そうだぞ。天狐様に選ばれた方になにをしてるんだ！」

「無礼だぞ」

「離してちょうだい！」

止めようとする男性の手を振り払って暴れる様子は、錯乱しているようにしか見えない。

「おい、このままじゃ新たな宿主様に危害を加えかねない。離した方がいい」

「ああ」

「連れていけ」

母親は引きずられるようにして青葉の前から離されていった。

青葉は追いかけようとするも、すぐに大人たちに囲まれる。大人たちは青葉の前で正座し、頭を下げた。

「新たな宿主様の誕生をお喜び申し上げます」

「先代様に代わり、これより我らをお導きください」

「あ……」

青葉は自分になにが起こっているのか分からず困惑する。助けを求めて周囲を見渡しても、頭を下げているために誰とも目は合わない。

本来なら幼い青葉には母親の助けが必要だったのに、母親はそれ以降姿を現すことはなかった。

そうして訳も分からぬまま天狐の宿主となった青葉は、家に帰るのも許されず、この大きな屋敷を先代から引き継いだ。

歴代の宿主が暮らしてきたこの屋敷は、金木犀が年中咲いており、美しいけれど青葉にとっては自分を閉じ込めるための鳥かごのようだった。

青葉はこれから一生を、この美しくも不便なかごの中で暮らさなければならない。

最初は泣いて嫌がった。「帰して！」「お母さんはどこ？」と叫んで暴れてみたが、青葉の声を聞いてくれる者は誰もいない。

先代――つまり青葉の曽祖父に仕えていた使用人が丁寧に、そして青葉が受け入れるまでこんこんと天狐について教えた。

そのおかげである程度は自分の身に降りかかった状況を知れた。

同時に、日が経つにつれて天狐の力が自分に馴染《なじ》んでくるのを感じる。

それに伴い、力の使い方を教えられずとも使えるようになったのは不思議な感覚だった。

だが、だんだんと使用人たちが距離を取り始めていく。

最初は気のせいかと思うも、ある時、使用人が青葉と目が合った瞬間に気絶したのだ。

そのひとりだけだったらよかったのだが、ふたり、三人と立て続けに起こり、次第に用事がなければ青葉のそばに来てくれなくなった。

母親の様子からも天狐という存在はとても大事なはずで、使用人たちから天狐のありがたさを説明されていたから、最初こそ反抗していた青葉も宿主である自分が必要とされていると嬉しさを感じ始めていた頃だ。

それなのに避けられ、やはりここでも自分は望まれない子なのかと絶望する。

親に甘えたい盛りなのに、誰も青葉に人の温もりを与えてはくれない。

だんだん青葉はあきらめを覚えていった。

時は経ち、二十歳を超えたあたりから親戚たちに伴侶を迎えるようにと進言された。

それはずっと孤独を感じていた青葉にとっては嬉しい話であった。

家族愛に恵まれず、使用人たちからも嫌われている自分と一緒に生きてくれる人。

伴侶は誰でもいいわけではなく、親戚の中から娶《めと》らなければならないという制限はあるが、候補者はたくさんいるらしい。

もうひとりじゃなくなる……。

じわじわと湧き上がる喜びを感じながら、最初の候補者と面会した。

そしたらどうだ。青葉と同じ年頃の女性は、青葉を見るや悲鳴をあげて倒れてしまったではないか。

別に青葉がなにかしたわけではない。ただ、その場にいただけ。それなのに女性は倒れた。

青葉は失望を隠せない。

女性は目を覚ますや、逃げるように島から去っていった。

それ以降、次から次へと花嫁の候補者がやってくるが、泣くだけならまだいい方。怯え、叫び、気絶する。

まともに会話すらできない相手とどう結婚しろというのか。

青葉の期待は粉々に打ち砕かれる。

ひとり、またひとりとやってきては去っていく女性たちに、青葉はもうあきらめの境地に至っていた。

化け物のような自分を望んでくれる者など現れない。それならもう期待をするのはやめよう。

そんな気持ちになっていた時に訪れたのが真白だ。

親戚たちからは、もう候補者がいなくなってきており、真白を逃すと次は難ありな人選になってしまうので、できれば真白で手を打ってほしいとそれとなく促される。

手を打つもなにも、青葉ではなく相手の女性の方が逃げていくというのに、どうしろというのか。

けれど、もうまともな人間がいないとプレッシャーを与えられてしまっては、青葉も逃げようがない。

まあ、もとから逃げてはいないのだが、変な相手と結婚することを考えると、泣かれようと気絶されようと次の相手でこの無意味な顔合わせを終わらせるしかない。

本当は愛されたい。一緒に時を過ごしてほしい。

そんな願いは一生叶わないのだと、すでにあきらめていたはずなのに、どこか落ち込んでいる自分に気づいていた。

「求めるから駄目なんだ。最初から求めなければいい」

青葉は自分に言い聞かせる。

そうして真白に愛は必要ないと告げたのだが、彼女はよくも悪くもこれまで出会ってきた人間とは違っていた。

まったく予想もしない斜め上の反応。

誰もが避ける自分の目を真正面から受け入れながら微笑む。

そんな人間は今までいなかった。

気になって気になって仕方なく、真白が庭先でお茶を飲んでいるのをこっそりと覗いた。

すぐに見つかって声をかけられたが、反射的に逃げ出した。

真白は泣かないし叫ばないし気絶しない。

自分に向けるその真っ直ぐな眼差しに期待してしまう。

そんな真白によって、青葉だけでなく周囲の反応も変わっていった。

＊＊＊

多少の騒ぎがありつつも、誤解が解けた使用人たちはほっとしたらしい。

続いて、いかにして青葉と目を合わせ、話をしても気絶しないかを検証し始めた。

そのやる気ときたらすさまじく、それなら最初から努力していたらよかったのにと真白をあきれさせた。

しかし口出しすることはなく、真白はのんびりとお茶を飲みながら彼らの必死な様子を眺め、時には使用人たちに混じって青葉対策会議に参加した。

ひとつの部屋に集まって、順番に意見のある人が手を挙げ、案を出していく。用意したホワイトボードには、それぞれの意見がたくさん書き込まれていた。

「はい！　青葉様にサングラスをかけていただいたら、いけるのではないでしょうか？」

その意見に「なるほど」と同意する者もいれば、否定的な者もいる。

「あんな綺麗な瞳を隠すなど大罪です！」

「いや、それよりも、サングラスが似合いすぎて逆に失神者が増えるんでは？」

「確かに」

「あの顔面凶器にサングラスは、鬼に金棒どころかチェーンソーです。危険すぎます！」

そろって「却下！」の声があがった。

真白も意見を出してみる。

「いっそショック療法で、青葉様とにらめっこでもしてみましょうか。耐えた方にはお給料に追加で金一封差し上げるとかしたら、やる気も出ませんか？」

「おお、真白様！　ナイスアイデアです。金のためならこいつらも頑張りますよ！」

そう一番に声をあげた玄がもっとも金に目がくらんでいるように見える。

ワイワイと楽しく会議をしていると、襖《ふすま》をちょっとだけ開けて青葉が姿を現した。

「真白。ちょっといいか？」

「あら、青葉様」

「真白、俺も考えたのだが、サングラスをかけてみるのはどうだ？　目を直視しなければ少しはマシかもしれないと思ったんだ。いつも着ている和服だと合わないから、スーツを着てみた」

そう言って襖を大きく開けて登場した青葉に、使用人たちは阿鼻叫喚《あびきょうかん》する。

黒いサングラスと白いスーツを着て、どこぞの雑誌の表紙でも飾りそうな、いつもよりちょい悪な男に変身を遂げた青葉は、使用人たちに刺激が強すぎたようだ。

「ぎゃあぁぁぁ！　青葉様が素敵すぎる！」

「サングラスとスーツのコンボキター！」

「ここは天国かー！」

叫びながらバタバタ倒れていく。

「やばい！　前方の奴らが青葉様の攻撃に軒並みやられたぞ！」

「鼻血出してる子もいるわよ！」

「気を抜くからよ！」

部屋は一気に騒がしくなった。

この騒ぎはどちらかというと天狐の気はあまり関係なく、青葉自身の破壊的なまでの魅力によるもののような気がする。

「真白様！　さっさと青葉様をどっかにやっちゃってください」

「あらあら、大変」

大変と言いつつ、さして慌てているようには見えない真白が、とりあえずホワイトボードで青葉の姿を隠す。

「はいはい、青葉様。皆様が大変なことになっちゃっているので退散しましょうね」

青葉の背中を押して、急いで広間から連れ出した。

勘違いが解消されて以降、使用人たちは気絶覚悟で青葉と接するようになったおかげか、青葉との距離が近くなったように思う。

そのせいか、ちょっと青葉の扱いが雑になりつつある。崇拝しているのは変わらないが、言葉や表情には親しさが込められていた。

そんな雰囲気を青葉も感じ、積極的に関わろうと努力して声をかけたりしているのに、ことごとく相手をぶっ倒れさせている。

そのたびに、青葉へ使用人が謝る姿があったが、そこに流れる空気は決して悪くない。

青葉は半泣きだが、使用人の方はこれで耐性が少しはついたはずだと、プラスに受け取っているようだ。

少し前までのどこか寂しい静けさがあった雰囲気とは打って変わって、屋敷の中はまるで曇り空が晴れたように賑《にぎ》やかになっていた。

よい方向に動いているのが分かり、真白も嬉しく感じている。

金木犀がよく見える廊下をふたりで歩きながら、青葉はサングラスをはずす。

「これでも駄目だったか……」

「むしろ威力を上げちゃいましたねぇ」

すると、青葉はがっくりと肩を落としている。

青葉も青葉なりに使用人たちに近付こうと頑張っているのに、逆効果になっていることが多いのが残念だ。

正直天狐のせいなのか、青葉の美しすぎる顔面破壊力によるものなのか、判断に困る。きっと両方なのだろう。

「こうなったらもうお面を被るしか……」

「ひょっとこのお面なんてどうですか？　ひょっとこなら笑いも取れるかもしれませんよ？」

お面で天狐の気配を抑えられるとは思わないが、青葉の綺麗な顔は隠せるので、多少は効果があるはずだ。

真白だけは青葉を前にしてもほわほわとした笑みを浮かべている。

「それにしても、どうして私だけなんともないのでしょうね？」

真白は首をかしげる。

「真白は他の者みたいに天狐の気を感じないのか？」

「ええ、まったく」

真白は青葉の目をじーっと見つめるが、やはりなんともない。むしろ目の保養だ。ずっと観察していたくなる。

そうして真白が見続けていると、青葉は視線に耐えきれず恥ずかしそうに顔を逸らす。

その反応に、真白は微笑ましく感じる。

そして真白と青葉は庭に降りた。

青葉から無言で差し出された手に、真白はごくごく自然に自らの手を乗せる。

金木犀は真白が来た時と変わらず、絶え間なく満開に咲いており、雪のように地面に降り積もっていた。

そんな幻想的な中を青葉とともに手をつないで歩くのが、今では日課となっている。

これまで男性と手をつなぐどころか接する機会すら少なかった真白は少し恥ずかしく感じながらも、青葉の温かな手はひどく手に馴染んだ。

「本当に不思議な光景ですよね。この金木犀はずっと昔から咲いているのですか？」

「ああ。まだ曽祖父が存命の頃から咲いていた。初代天狐の宿主の頃からずっとらしいが、本当のところはどうだろうな」

「先代は青葉様の曽祖父でしたね。お会いしたことはあるんですか？」

「一度だけ。御簾越しだったがな。天狐の宿主に会えるのは、血族の中でも上位の者たちだけだ。そもそも宿主はあまり人前に姿を現さないから、いくらひ孫といえども簡単に会えるものではなかった」

青葉からはなんの感情も伝わってこず、まるで他人の話をしているかのようだ。まだ、先代に仕えていた葵子や玄の方が親しみをもって話す。

「どのような方だったのですか？」

「実際に顔を拝見したわけでも会話したわけでもないから、仕えていた者から聞いただけでしかないが、俺と似たような環境だったようだ。天狐の宿主だからと周囲から一線を引かれていて、妻も子も孫もいるのに、対等に話せる者もおらず寂しい生活だったらしい」

「皆様の様子を見ると慕われているように感じましたが？」

あの熱狂的な青葉ファンの使用人たちは、当然先代のことも敬愛しているようだった。彼らがいたら寂しいなど感じる暇もなさそうなのに。

「使用人たちの変化は真白が来たからだ。真白がここにいる者たちの意識を正してくれたから、皆も宿主である俺への態度が変わったんだ。それまでは誰もが一線を引いて接していた。まるでそこに見えない壁があるようにな」

「先代様も青葉様もご苦労されたのですね」

そして、これまでの宿主の多くが似たような環境で過ごしていたのではないだろうかと想像する。

「だから、俺が今のように穏やかな気持ちでいられるのは真白のおかげだ」

そう言って青葉は柔らかく笑った。

子供のように純真無垢《むく》なその笑顔に、真白も自然と笑みが浮かぶ。

「……真白」

「はい、なんですか？」

名前を呼ばれて真白は足を止め、青葉に向かい合った。

背の高い青葉を見上げ視線を合わせると、青葉が話しだすのを待つ。

しかし、迷っているのか視線をさまよわせながら、なかなか話しださない。それでも真白は青葉が口を開くのを根気強く待った。

そして、ようやく青葉が真白の顔色をうかがうように声を発する。

「祝言の日取りを決めたい。真白はかまわないか？」

青葉から初めて結婚の意思表示をしてきた。

「まだ、愛していると告白できるわけではないし、きっと真白も同じだろう？　けれど、この先の生涯をともにするなら真白がいい。だから、ずっとそばで俺を支えてくれないか？」

緊張しているせいか、いつもの三割増しで人形のように表情が固まっている青葉だったが、そんな顔でも美しい。

真白はクスクスと笑う。

「自分より綺麗な旦那様というのも気が引けますけど、いつ青葉様が結婚の話をしてくれるのか心待ちにしていた時点で私も答えが出ているようです」

「それなら！」

ぱっと表情を輝かせる青葉に向かって、真白は微笑みながら頷く。

今自分の中にある感情がどういった種類の情か分からなかったが、真白は告白されて嫌ではなかった。むしろ喜んでいる自分に気がついていた。

だから、答えは考えるまでもなく出てきた。

「その話、お受けします」

「後になってやっぱり嫌だなんて言わないよな？」

「ふふ。言いませんよ」

小さく笑う真白に、青葉は手を伸ばす。

ためらいがちに真白を抱き寄せる青葉の背に、真白もそっと腕を回した。

「夢なら覚めないでほしいな……」

「夢じゃありません。これからずっと青葉様のそばにいますよ」

「ありがとう。真白」

ふたりを祝うように金木犀の花が舞った。

五章

青葉から正式に結婚の申し出があって以降、日は瞬くように過ぎていった。

結婚を決めたと朱里たちに話すと自分のことのように喜んでもらえ、真白はほっこりとした。

そして、葵子と玄はやる気をみなぎらせた。

天狐の宿主である青葉の結婚式ともなれば、多くの親戚が招待される。

結婚式の準備を主導するのは使用人頭である葵子で、招待客へ料理を振る舞うのは料理長である玄だ。青葉ラブのふたりに気合いが入らぬ方がおかしい。

「青葉様と真白様のために最高の式にするわよ！」

「料理で客人らを唸《うな》らせてやるわい！　青葉様の式に一片の不満など感じさせん！」

他の使用人も、葵子と玄の気合いに巻き込まれるようにしてテンションを上げていた。

真白はのんびりと結婚式の準備をしていけばいいと思っていたのだが、驚くほどの早さで進められていく。

もう少し余裕を持ってもいいのでないかと真白も提案したのに、誰ひとり聞いてくれない。

「悠長にしていて真白様が逃げたらどうするのです!?」

「そうです。逃げられないように既成事実はさっさと済ませて退路を断っておくべきですよ！」

などと、葵子と朱里が吠えた。

苦笑を浮かべて、そんなことはないと否定する真白だったが、そこかしこで使用人たちがうんうんと頷いている。

そして青葉もその可能性があると言われてから気づき、顔色を悪くさせながら皆に準備を急かした。

そのため、怒涛《どとう》のように準備が進んだのだ。

真白はちょっぴり置いていかれている気がしないでもない。けれど、誰もが生き生きとした顔で動いていたため、苦笑いでその様子を見守ることにした。

この屋敷にやってきて、早いもので二カ月の月日が経っていた。

その間にずいぶんいろいろなことがあったものだ。

青葉に最初にかけられた言葉は今では笑い話になっている。

『貴様にひとつ言っておく。この結婚は周りが勝手に決めたものだ。だから我々の間に愛は必要としていない』

父親からも早く帰ってきていいと言われていた中でのあの言葉。

どうなることかと思っていたが、どうやら落ち着くところに落ち着いたみたいだ。

親馬鹿な父親は、結婚すると決めたのを知ったらどんな反応をするだろうか。

きっとすぐに帰ってくるのを待ちわびていたはず。

青葉に嫁ぐということは、このまま島で暮らしていくのを意味するので、実家には滅多に帰れなくなるだろう。

真白を七宮の跡継ぎにしようとしていたのに、今後七宮の家はどうなるのか。

「私という跡継ぎがいなくなって、お父様はどうするかしら？　莉々さんを跡継ぎには……なさらないでしょうね」

父親は莉々を嫌っている。追い出しはしても、自分の跡を継がせるなんて地球がひっくり返ってもないだろう。

「困ったわね。このままでは七宮家が絶えてしまうわ」

真白はいつもの庭先でお茶を飲みながら金木犀を眺め、ため息をついた。

きっと親戚の年寄りたちは、義母との間に子供を作れと父親をせっつくに違いない。そのための再婚だったのだし。

けれど、父親だっていつまでも言いなりになっているわけではない。いずれは親戚たちを説き伏せ、離婚するはずだ。父親は有言実行する人間だから。

「お父様はどう動くでしょうねぇ」

真白に兄弟がいたら違っただろう。

「もしお母様が存命だったら、今頃私にも弟か妹がいたかもしれないわね」

もしもの話。今となっては決して叶わぬ仮定。

真白が見上げた空はどんよりと曇っている。

しばらくするとざあざあと雨が降り始め、時々雷の音すらしてきた。

「お母様に出席してほしかったですね……」

いつもニコニコと周囲を癒す笑みを浮かべている真白には珍しく、その顔は曇っていた。

こういう雨の日はあの日の出来事を思い出させる。

真白の中にある、もっとも忌むべき記憶。

雨によっていつもより金木犀が多く散っている気がする。その光景をぼうっと眺める真白は、どこか寂しそうに見えた。

ぼんやりしていたせいだろう。真白は後ろから来る人に気がつかなかった。

「真白？」

はっとして振り返ると、青葉が立っていた。

いつもなら庭の方からやって来るのに、今日は廊下から歩いてくるとは珍しいなと思ってから、外が雨であったと気がつく。

青葉は今や定位置になっている真白の隣に座った。

「どうかしたのか？」

「なぜそんなことを聞くのですか？」

真白はいつもと変わらぬ笑みを浮かべたはずなのに、青葉はなぜか眉をひそめた。

「悲しそうな目をしている」

「そんなことありませんよ」

真白は一瞬声に詰まりながらも、不自然ではない間合いで否定する。

悲しくなんてない。自分は強い子だから。

青葉のいらぬ心配だと、真白はそう自分に言い聞かせた。

しかし、青葉はごまかされてくれず表情は変わらない。いや、先ほどよりも険しくなっていく。

「俺が気づかないと思っているのか？　なにがあった？」

確信を持った問いかけに真白は返事ができなかった。真っ直ぐに見つめてくる青葉から視線を逸らす。

いつもなら青葉の方が先に逸らすのに、今は立場が逆転している。真白が居心地の悪さを感じているからだろう。

「なにかあるなら話してくれ。俺は人との交流が少ないから、察するのが苦手だ。言われないと真白の気持ちを分かってやれない」

「青葉様……」

真白は青葉の言葉に驚いたように目を向ける。

「教えてくれ。これから夫婦となるのだろう？　玄が、夫婦とはお互いに苦楽をともにするものだと言っていた。嬉しさは二倍、悲しみは半分に分かち合うのだと」

五歳で天狐に選ばれ、家族というものに縁がなかった青葉が、玄や葵子に家族や夫婦とはなんたるかを教えてもらっているのは知っていた。

その様子を微笑ましく見ていたのだが、自分が弱っていると実感しているこの時に、なんとも的確に欲しい言葉をくれるなんて……。

人と接するのが苦手だとよく口にしておきながら、ちゃんと真白の変化を察しているではないか。

無言で見つめ合うふたりに雨の音だけが響いた。

青葉は決して目を逸らさず、真白の答えを待っている。その真剣な眼差しに、真白が根負けした。

「……もうすぐ、母親の命日なんです」

わずかに目を大きくする青葉。真白の返答が予想外だったのだろう。

「母親は事故で亡くなったんです。こんな強い雨が降る中でした」

真白は空を見上げる。

雲に覆われた天から水の粒が激しく落ちてくる。

「雷も鳴る中、母親は出かけていったんです。私の頭を撫でて『いってきます』って、優しく微笑んで」

母親の姿は年々おぼろげになっていっているのに、その時の記憶だけは鮮明に残っている。

「次に会えた時には冷たくなっていました。私は最初、寝ていると思ったんです。だから必死に起こそうとしたのに、全然起きてくれませんでした。……当然ですよね。死んだ者が生き返るはずがないんですから。それを理解した私は悲しくてつらくて……。なので、雨は嫌いです。雷も大っ嫌いです」

雨は、大好きな母親を失った時の喪失感と悲しみをよみがえらせる。

「母親はとても穏やかな人でした。優しくて、温かい笑顔をいつも浮かべているような」

「真白に似ているのだな」

青葉の言葉に真白はクスリと笑う。

「そうだったら嬉しいです。母親は私の憧れですから。母親みたいになりたいとずっと思ってきました」

だからこそ、父親が似ていると言うたびにまた一歩、母親に近付いた気がして喜んだ。

「母親がよく話していました。どんな時でも笑顔を忘れずにって。笑顔は私自身も周りも幸せにするからって……。親馬鹿ですよね。私が笑ったぐらいで周りの人まで幸せにできるはずがありませんのに」

困ったように、そして冗談めかして笑う真白に、青葉は真剣な顔で告げた。

「そんなことはない。俺は真白の笑顔に救われた。幸せを分けてくれている」

虚をつかれたように目を見張る真白を、青葉は見つめる。

雨はさらに強まり、真白の笑顔がわずかに歪む。

まるで無理やり笑っているような不自然な笑みは、いつもの真白らしくはなかった。

そんな自分に気がつき、青葉の視線から逃れるように顔を逸らす。

「すみません。ちょっとだけ、こっちを見ないでください。ちゃんと笑えるようにしますから」

笑わなくては。母親が望んだように。いつでも強くいられるように。

「どうして笑うんだ？　笑いたくなければ笑わなければいいだろ？」

青葉のその声は少し怒っているように感じた。

「駄目、です……。だって、お母様はいつだって笑っていたんです。そんなお母様が大好きで、お母様は私の笑顔が大好きだって言ってくれて……。だから……」

もうめちゃくちゃだ。ちゃんとした説明になってはいなかった。

「私、お母様が大好きなんです。だからお母様が望んだように笑っていたい……。でないと、天国でお母様を心配させてしまいますから」

真白は何度か深呼吸をして心を落ち着けると、笑顔を貼りつけて青葉に向けた。

これでいつも通り。なにも変わらない。これからも……。

そんな真白を見て、青葉は表情を歪めた。どうしてそんな顔をするのか分からない。

すると、青葉が真白を引き寄せた。はっと息をのむ真白を包み込むように抱きしめ、真白の背をゆっくりと撫でる。

「無理をするな」

「無理なんてしていませんよ」

「いいや、している。さっきも言っただろう？　夫婦とは分かち合うものだと。母親に心配をかけたくないなら、誰にも見られないように俺が顔を隠してやる。だから、いつでも泣きたい時に泣けばいい」

青葉の落ち着いた静かな声は真白の心にゆっくりと染みわたり、温かな気持ちにさせる。次の瞬間、ぽろっと真白の目から涙が零れ落ちた。

慌てた真白は手で顔を覆う。

まったく泣くつもりではなかった。母親のお葬式の時ですら泣かなかったのに、どうして今になって涙が出てくるのだろうか。

止めようと思っても止まってくれない。次から次にあふれてきて、真白は自分の中にある複雑な感情を制御できない。なぜ泣いてるのかも分からなかった。

真白は助けを求めるように青葉にしがみつく。

「青葉様……っ」

「俺がいる。真白」

ただひと言が真白を安心させ、さらに涙腺を緩めた。

グスグスと、時には嗚咽を漏らしながら泣く真白を、青葉は誰にも見せないように腕の中で守った。


青葉の腕の中で大泣きした翌日の真白は、自室で昨日の自分を思い返して後悔していた。

とんだ醜態をさらしてしまったと、庭に穴を掘って埋まりたいほど恥ずかしくてならない。

それだけではない。青葉に抱きしめられて、自分とは違う思いのほかがっちりとした筋肉質な体と温もりを感じ、初めて男性であると意識してしまった。

いや、男性なのは最初から分かっている。要は、異性として認識したのだ。

「こんな当たり前のことを、朱里様に相談できません。しかも、抱きしめられて自覚するとは、変態同然ではありませんか!?　なんてはしたない！　これは年頃の乙女としてまずいです。よろしくない事態です」

真白は頭を抱えながらうろたえる。

よくよく考えれば、自分はこれまで父親以外の男性と触れ合う機会はなかった。それが、触れ合うどころか抱きしめられるなんて……。

これまで手を握って庭を散歩していた行いにしても、改めて思い返すと己の行動が信じられない。

いかにこれまで青葉を異性と認識していなかったかが分かるというもの。

恐らく今、青葉に散歩へ誘われても、恥ずかしすぎて手などつなげないだろう。

「なんということでしょう……」

しかも、最初に手をつないで散歩に誘ったのは自分である。

なぜ自然にそんなことができたのかと自分を心の中で叱りつけるが、あまり意味はない。

青葉を好ましく思い、結婚するつもりではいても、あまり深く考えていなかったのだと分かる。

真白は、赤くなっているだろう自分の頬を手で隠しながら悶えていた。

そんな真白を白良が不思議そうに見ている。

「真白ー、どうしたの？　お腹痛い？」

純粋無垢な眼差しを向けられて、真白はなんと答えたらいいのか分からず、さらに頬を赤くした。

朱里にも相談できないが、白良にはもっと相談できない。

人間とは違う常識を持っている白良に相談したが最後、悪意なく周囲の者に聞き回りかねない。

そんな事態になったら、羞恥のあまり初の気絶を体験することになるだろう。想像するだけで恐ろしい。

そして、真白はもっと大変な事実に気づいた。

「このまま行くと、青葉様と結婚するのですよね……」

伴侶。夫婦。パートナー。

呼び方はさまざまだが、青葉は唯一無二の旦那様になるのだ。手をつないで恥ずかしがっているどころではない。

「どうしましょう、どうしましょう！」

あたふたする真白は、混乱状態。

「真白ー？」

白良がこてんと首をかしげる。

とりあえず白良を抱きしめて、心を落ち着かせる。

白良の頭にはかわいらしい三角の耳がついている。

最初は青葉に耳も尻尾もないことを残念がったが、なくてよかった。あったとしても今の真白では純粋な好奇心でさわるなんてできないだろう。

「青葉様と結婚……」

今も着々と準備が進められている結婚式を考えると、自然と胸がドキドキした。

「青葉様とどんな顔をしてお会いすればいいのでしょう……。こ、こんなことなら皆さんから婚約者との話をもっとよく聞いておくのでした」

思い出すのは、よく婚約者の惚気話をしていた友人たち。

真白はただ微笑ましく感じるだけで深く考えず聞き流していたが、彼女たちが婚約者たちとどのように接して、どんなふうに思っていたか、詳しく問い詰めておくのだったと後悔する。

「ああ、どうすれば……」

真白が混乱状態に陥っていた時、名前が呼ばれる。

「真白。開けていいか？」

部屋の外からかけられた青葉の声に、真白は飛び上がって激しく動揺する。

「ちょっ、ちょっとお待ちください！」

真白は自分を落ち着かせるように深呼吸してから部屋の扉を開けた。

目の前には、いつもと変わらぬ青葉の姿。なのに、彼を見た瞬間、真白の心臓は早鐘を打つように激しく動いた。

「あ、青葉様。なにかご用ですか？」

うろたえているのを悟られないよう、いつも通りを心がけて話しているつもりの真白だったが、ちゃんとできているか心配になる。

「真白、散歩に行こう」

神々しいまでの青葉の笑顔。まるで後光が差しているかのように眩しい。

動悸《どうき》が激しくなり、今にも倒れそうだ。

朱里たちが気絶する理由が、ここに来てようやく分かった気がする。

真白がどれだけ慌てふためいているか気づいていない青葉は手を差し出した。

散歩の時はいつも手をつないでいるのだからおかしなことではなかったが、今の真白にはいろいろと問題のある行動だ。

「あ……」

ドキドキしすぎて、真白は差し出された手を取れない。

いかにして回避するかを考えるが、いい案は思いつかず、きょろきょろと視線をさまよわせる。とても青葉を直視できる心理状態ではなかった。

そんなふうに一歩距離を置こうとする自分の姿が青葉にどう映っているかまでは考えが及ばなかった。

最初は笑顔だった青葉も、いつまで経っても手を取らぬ真白の姿に表情が曇っていく。そして、ゆっくりと手を下ろした。

「……やっぱり真白も俺が恐ろしくなったか？」

悲しく傷ついた顔。

「あ……」

真白は失敗したと気がつく。

青葉にそんな顔をさせたいわけではなかった。

けれど、これまで多くの人に避けられてきた青葉に対して今のような態度を取ったら勘違いさせるのは当たり前だ。

配慮に欠けた自分自身を叱りたくなった。

「すまない」

すべてをあきらめた顔を青葉にさせてしまった罪悪感で、真白は自分の今の心情より大事なものがあったと気づく。

「ちが、違います……」

真白は必死に否定する。

自分の感情を優先するあまり、青葉がどう受け取るか考えなしだった。

親からの愛情を受けられず、それでもなお優しさを忘れない青葉には幸せに笑っていてほしいと願っていたのに。

「いや、無理しなくていい。慣れているから」

そんな悲しい言葉を言わないでくれと、真白の心が叫ぶ。

「違います！」

真白は大きな声をあげて青葉の手を取った。

目を見張る青葉に、真白は少し恥じらいながら説明する。

「本当に違うんです。青葉様がどうこうというわけではなく……。いえ、青葉様が関係あるのは確かなのですけど……。えっと、その……」

青葉を傷つけないように言葉を選ぶゆえに、うまく説明できない。

青葉は首をかしげる。

「俺との結婚が嫌になったのではないのか？」

そこだけははっきりと否定しておかねばならない。

「それは違います！」

そして、自己肯定感の低い青葉には遠回しな言い方では駄目だと悟った。

「ただ、恥ずかしかったんです。昨日、青葉様に抱きしめられて、青葉様は立派な男性なのだと知ったといいますか……。私はこれまで同世代の男性と接する機会がなかったので、急に青葉様を意識して胸がドキドキして緊張してしまって……」

真白はこれ以上は口に出して言えないというように両手で顔を覆って「ああ、もう無理……」と恥ずかしがった。

その様子をきょとんとしながら見ていた青葉は、ほっとした顔をする。

「よかった。真白に嫌われたのかと思った」

「そんなことはありません」

「そうみたいで安心した。要は俺を夫と認めてくれるようになったということだな?」

青葉が嬉しそうに笑うと、真白は過剰なまでに反応した。

「お、夫!?」

「違うのか?」

「あ……いえ、違わないです……」

けれど急に現実味を帯びてきて、平静でなどいられない。真白が指の隙間から青葉を見ると、嬉しそうに笑っていた。

「散歩に行こう、真白」

差し出された青葉の手に、真白はおずおずと手を乗せた。

そうすれば青葉はさらに笑みを深くし、釣られるように真白ははにかむ。

「なんだか私だけドキドキしてるみたいで不満です」

「そんなことはないぞ。俺だって真白といる時はドキドキしてる」

男女の駆け引きなど知らない素直な青葉の言葉に、真白の顔はほんのり色付いた。


それから、青葉との関係がちょっと深まったような気がする。

けれど、基本はのんびりとした熟年の老夫婦のような会話が繰り広げられ、縁側でお茶を飲んだり、手をつないで庭を歩いたりする日々。

特別なにかするわけでもない退屈にも思える時間がいつしか当たり前となり、そんな時間がとても大切に思えていた。

結婚の準備は着々と進んでいるようで、葵子や朱里からも式について相談される機会も増えてきた。

そんな心穏やかな暮らしの中、スマホが鳴った。

表示されている名前は【お父様】という文字。

「あら、お父様？」

実家を出て以降、卒業式に出られなかった恨みを忘れていなかった真白は、ことごとく父親からの電話を無視していた。

少し反省したらいいと放置していたのだが、最近はあきらめたのか電話をかけてこなかった。

そうしているうちにすっかり連絡が来なくなり、真白も真白で連絡するのを忘れていた。

電話に出ようか迷ったが、さすがにもう許してあげようと電話を取る。

「はい。真白です」

電話に出た瞬間、『真白ー!!』という大きな声が鼓膜に響いて、一瞬くらりとする。

慌てて耳から離し、電話を切った。

けれど、すぐさまかけ直してきた。

今度は警戒しながら電話を取ると、父親の半泣きの声が聞こえてくる。

『真白ぉぉ。どうして切るんだぁ?』

「お父様の声が大きいからですよ。危うく鼓膜が破れるところでした」

『だってだって、お前ときたら全然連絡してくれないじゃないか。電話をかけてもガン無視するし』

「当たり前です。ご自分のされた所業を覚えていらっしゃらないのですか?」

そう不満をぶつけると父親は黙った。ここで反論していたら、また電話を切っていたところである。

『そ、そんなことより』

「そんなこと？」

真白は若干の怒りを声ににじませる。

楽しみにしていた卒業式に出られなかったのに、『そんなこと』で済まされたらたまったものではない。

いくら最終的に真白が同意したとはいえ、言い方というものがある。

『す、すまん！　いや、真白の気持ちは分かるが、こっちが優先だ！　家に結婚式の招待状が届いたんだ。お前と青葉様の。これはどういうことだ!?』

「どういうことだもなにも、結婚が決まったと私を家から追い出したのはお父様ではありませんか」

今さらなにを言っているのか。

『だってすぐに追い返されると思っていたんだ。これまでの候補者も皆追い返されていたし。なのに、お前ときたら全然帰ってこないじゃないか！　どうしてほんとに嫁になろうとしているんだぁ！』

「なにをむちゃくちゃ言っているのですか、お父様。言い出しっぺがなにをおっしゃってるのかしら」

『だってだってだってぇぇ』

電話の向こうで駄々をこねる父親に、真白はやれやれと苦笑する。

「お父様。青葉様はいい方ですよ。お父様から聞いた印象とは全然違う方でした」

『それはよかった。って、そうじゃなくて！　真白が嫁に行ったら七宮の家はどうするんだ？　真白は唯一の跡取りなんだぞ？』

「それを考えるのはお父様でしょう？　私は知りません」

『嫌だぁ！　真白を嫁にやるなんて嫌だー！　そっちへ嫁に行ってしまったら滅多に会えなくなるじゃないか』

父親の絶叫が響く。

「その可能性を承知の上で私を青葉様のもとへ寄越したのでしょう？　あきらめてくださいな」

『ひどい！　真白は絶対に帰ってくると首を長くして待っていたのに』

「それも、親戚方の圧力を跳ねのけられなかったお父様の力不足ですよ」

『うう……。なんてことだ……。真白が結婚するなんて。今からでも遅くないから帰っておいで〜』

シクシクと泣き始めた父親に、真白も困った顔をする。

真白はだんだん相手をするのが面倒くさくなってきた。

「お父様が泣こうが騒ごうが、結婚する気持ちは変わりませんよ。招待状も無事に届いたようですし、当日はちゃんと花嫁の父親として出席してくださいね。それでは」

『あ、待て、真白――』

まだ父親はなにかしゃべろうとしていたが、無視してブチッと電話を切った。

「まったく。お父様も困ったものですねぇ」

結婚が決まったと家から追い立てるように送り出しておきながら帰ってこいと我儘を言うなんて、さすがに温厚な真白もむっとして当然だ。

しかし、これまでの花嫁候補者がことごとく逃げたり追い返されたりしているのを知っていたら、真白が帰ってくると思うのも仕方がないのかもしれない。

けれど父親の希望も虚しく、真白は結婚する気満々だ。

最初こそ、卒業式があるのに結婚を勝手に決めた父親への反抗心が多少なりともあったが、今は真白自身の意思でここにいると決めた。

父親がなんと言おうと帰るつもりはない。

金木犀の咲く庭が見える窓際でゴロンと寝転んでいた白良が起き上がり、真白に抱きつく。

「真白ー。どうかしたの？　相手の人すごく泣いてた」

「私のお父様ですよ」

「へぇ。なんで泣いてたの？」

「どうやら私が結婚するのが許せないみたいですね。本当に親馬鹿なのですから」

真白は頬に手を当てて困ったように小首をかしげる。

すると、部屋の外でガタンと音がした。

不思議に思い、白良がトコトコ走っていって部屋の扉を勢いよく開く。

そこにはばつが悪そうな青葉がいた。

「あら、青葉様。お散歩のお誘いですか?」

「そのつもりだったのだが……」

青葉の視線は真白のスマホに向けられている。

「聞いていたんですか?」

「すまない」

申し訳なさそうにする青葉に真白はクスリと笑う。

「とりあえずお座りになってから話しましょう」

「うん」

青葉を部屋に招き入れ、ローテーブルを間に、向かい合うようにして座る。

「今のは父親なのか?」

「ええ」

「俺との結婚をよく思っていないのか?」

「そのようですね」

ほわほわした笑みを浮かべまったく気にしていない真白とは違い、ずーんと重苦しい空気を発する青葉は、ひどく落ち込んでいるようだ。

花嫁の親から嫌われていて平気な者は滅多にいないだろう。特に『親』という存在は青葉にとっては鬼門だ。

「親に反対されているなら、真白は帰ってしまうのか？」

真白の反応をうかがうような目を向けてくる青葉に、真白はにっこりと笑った。

「お気になさらなくていいですよ。たぶんお父様は誰が相手だろうと反対していたでしょうから」

嫁いだら会えなくなるというのもあるが、そうでなかったとしても……。

たとえばどんなにスペックが高い相手を連れてきても、父親は結婚に反対しただろう。

「青葉様は気にせず、どんとかまえていてください」

「それでいいのだろうか？」

「いいのですよ。騒いでも無視してください」

なにげに真白の父親への扱いが雑な気がするが、本人に聞かれていないので問題はない。聞かれていたら大泣きしそうだが。

「だいたい、結婚の話を進めたのはお父様なのですから、文句など言わせませんよ」

毅然《きぜん》とした態度の真白に、青葉も少し安心した顔をした。

「それならいいんだ。今さら真白のいない生活は考えられないから、ずっといてほしい。俺が頭を下げれば許してくれるだろうか？　真白と結婚できるならなんだってする。俺には真白が必要だから」

飾らない青葉の言葉は真剣そのもので、迷いなく見つめられた真白はドキリとした。

青葉がこのように真白の視線から逃げないようになったのはいつからだったろうか。

今では真白の方がドキドキしすぎて青葉を直視できない時がある。

真白は動揺を悟られぬように笑顔で隠す。

「そ、そこまでしていただかなくとも大丈夫ですよ。確かに、天狐の宿主である青葉様に頭を下げさせたとあっては、周りから批難を受けて、あっさり認めてくれるかもしれませんね。最後の手段に取っておきましょう」

天狐とは神にも通じる存在。ここで暮らすようになって、華宮やその分家の血族にとってどれだけ大切なのかを知った。

そんな天狐の宿主の青葉が下手に出たら、娘命の父親も折れるに違いない。

一番いいのは素直に許してくれることなのだが、父親の親馬鹿さを知っている真白としては、青葉にどんな反応を示すのかちょっと分からない。

とはいえ、騒ぐだけで青葉自身に害を与えたりはしないだろうと真白は楽観する。

今日は散歩をせずにそのまま真白の部屋でのんびりすることになった。

朱里には部屋にお茶とお菓子を運んでもらい、白良も加えた三人でお茶を楽しむ。

いつもお茶をする時はふたりきりなのだが、最近青葉への気持ちの変化に気がついてからは、ふたりきりでいるのがなんとなく落ち着かない時がある。

決してふたりでいるのが嫌なわけではないのだ。青葉と一緒に金木犀が咲き乱れる庭を見ながらおしゃべりをするのは楽しい。

けれど、白良という第三者の存在をありがたく思う時があるのもまた事実。今日はまさに、そのありがたい瞬間だった。

そんな中で、青葉はどこか落ち着きがなさそうにソワソワしていて、真白は首をかしげる。

「どうかしましたか？」

「その、真白の部屋なのだが……」

「この部屋がどうかしましたか？」

最初こそスーツケースひとつだった荷物も、ここで暮らす日数に比例してかなり増えていた。朱里がそろえてくれるものは真白好みのかわいらしいものばかりで、なんの不満もない。

「ここは客人のための部屋だろう？」

「ええ、そうですね」

青葉の言いたいことが分からない。

「俺の部屋の隣は空いているんだ。俺の妻になる者のために」

「そのようですね」

今さら青葉から教えられずとも、ここに来た当初に朱里から説明を受けている。

「だからな、もうすぐ俺たちは結婚して夫婦になるのだし、こんな離れた客室にいなくても、俺の隣の部屋に移動してもいいんじゃないか？　その方が俺も真白の存在を感じられて嬉しいんだが」

かなり勇気を出して切り出したのだろう。真白の目を直視できず、さまよわせている。

チラチラと様子をうかがうかわいらしい反応に、真白はクスクスと笑った。

「それもそうですね。青葉様が許してくださるなら、お引っ越ししましょうか」

そう言うと、青葉はぱあっと表情を明るくした。

青葉はずっとこの屋敷に閉じ込められるように暮らしてきたからか、どこか子供っぽいところがある。今も浮かべる嬉しそうな顔は無邪気な子供のようだ。

でも、誰にでもというわけではない。そこには『心を開いた者には』という言葉がつく。

「なら、早速移動させるぞ」

「えっ、今ですか？」

「善は急げと言うだろ」

言葉通りにお菓子を口に放り込み、お茶で流す青葉につられて、真白も慌ててお菓子を食べる。白良だけはのんびりマイペースだ。

そこで真白は、はたとする。

気軽に頷いたものの、よくよく考えると、隣の部屋に移動したらこれまで以上に青葉の存在を近くに感じることになる。

果たして自分は耐えられるのか……。

いや、少しまずい。今ですら青葉にドキドキする自分に戸惑っているのに、隣の部屋に青葉がいると思うと夜眠れるか心配だ。

今から撤回はできないだろうか。

そんなことを考えているところへ、部屋の外から声がかかる。

「失礼してよろしいでしょうか？」

「どうぞ」

真白が返事をすると、すっと扉が開き、細身で真面目そうな雰囲気の中年男性が入ってきた。

先代から仕えていた者の中では若手で、主に青葉の仕事の手伝いをしているため、真白とはあまり接する機会がない人だ。名前は確か千茅《ちがや》だったか。

「青葉様。仕事のお時間です」

青葉は部屋の中にあった時計を見てから、あからさまに不機嫌な顔をする。

「後では駄目か？」

「すでに依頼者がお待ちです」

青葉は美しい顔をむっとさせるも、それ以上の我儘は口にしなかった。その代わり、真白を見て閃《ひらめ》いたように顔を明るくさせる。

「そうだ、真白も来るか？」

「えっ、私もですか？」

驚いたように目を丸くする真白。

「これまでは婚約者といっても客人のような扱いだったから仕事に同席させられなかったが、もう式の日取りも決まっているのだし問題ないだろう？」

青葉が千茅に問うと、彼は深く一礼した。

「それが青葉様の望みとあらば」

「なら決まりだ。行こう、真白」

「本当によいのですか？」

青葉の仕事内容は使用人でも知らされていない者がいるほどだ。もちろん、真白もまだ知らない。

それだけ秘密にしておく必要があるものだろうに、その場の勢いで参加していいものなのだろうか。

「問題ない。真白はもう俺の妻同然だ」

青葉は〝妻〟という言葉に内心で動揺している真白の手を引いて立たせると、手をつないだまま移動する。

その際、通りかかった朱里に、真白の部屋の荷物を青葉の隣の部屋に移動するよう青葉が伝えていた。

まだ結婚しているわけではないのにいいのだろうかと心配になったが、朱里はたいそうやる気をみなぎらせていたし、話を聞いていた千茅も反対しなかったので問題なさそうだ。

そして、青葉とともに依頼人とやらがいる部屋に通された。

かなり大きな和室の広間だ。上座には御簾がかかっており、依頼人から姿が見えないように中に入れ、御簾が青葉と真白の姿を隠してくれていた。

けれど、御簾の中の真白からは依頼人がよく見える。

「天狐様のおなりです」

深々と頭を下げる数人の大人。

「顔を上げよ」

青葉の凛《りん》とした声に促されて、顔を上げた人たち。その最前列にいた男性は、以前に経済誌で見た覚えのある人だった。

そんな有名人が来ていることに驚く真白は、これからなにが起こるのかと興味津々だ。

「天狐様にはあらかじめ書類をお渡ししているかと存じます」

すると、さっと千茅が青葉に書類を手渡した。

それをパラパラとめくる青葉の様子を見ているに、『あらかじめ』と依頼人は口にしたが初見のようだ。

「現在取引しているその三社のどこと契約するのが一番よいのか決めあぐねており、天狐様のお力をちょうだいしたいのです」

そんなこと分かるはずがない。

そう思う真白が、青葉がどう答えるのか気になって様子をうかがっていると、彼の金色の瞳が淡く光を帯びる。

青葉の変化に真白は息をのんだが、かろうじて声を発しなかった。しかし驚きは隠せず、口を手で押さえて邪魔をしないようにしていると、青葉が千茅の耳にボソボソとなにかを伝えている。

するとと、頷いた千茅が依頼者に向けて「天狐様はC社と進めるべきだとおっしゃっておいでです」と告げた。

それを聞いた依頼人はひどくびっくりした様子で「えっ！」と声を発する。どうやら青葉の答えは依頼人にとっては予想外だったらしい。

「しかし、そこは――」

依頼人が反論しようとする言葉を、千茅が遮る。

「天狐様のお導きです。不満がおありか？」

「いえ。とんでもございません」

否定してはいるが、不満があるのだろう。

すると、再び青葉が千茅を呼び寄せ耳元でなにかを話す。

どうやら青葉は依頼人とは直接話すわけではなく、基本的に人を介して伝えるようである。

普段青葉の美声で腰が砕けている使用人たちを知っているので、真白は納得げだ。

先代も同様だったかは知らないが、青葉には必要な措置だろう。

その後も交わされる話には、普通なら表に出してはいけないような話題も含まれていた。

真白は今さらになって自分が聞いていていいのかと心配になってきたが、邪魔をしてはいけないと静かに青葉の隣に座り続けた。

千茅を介して対応する青葉の横顔は毅然としており、普段にはない青葉の凛々しさを感じて、真白は目が離せない。

いつもどこか気弱な青葉しか見ていなかったからだろうか。

青葉が違う人のように見え、改めてこの人は天狐という特別な存在なのだと知らしめられた気がする。

真白は天狐の宿主としての青葉の顔に、密かにドキドキした。

話が終わり依頼人が帰っていくと、青葉はほっと息をつく。同時に、光っていた瞳ももとに戻った。

「私が聞いてよかったのですか?」

「問題ない。真白の人となりは分かっているつもりだ。むやみやたらと情報を漏らしたりしないだろう?」

「信頼してくださるのはいいのですが、悪い大人に騙《だま》されないように気をつけてくださいね」

真白は自分へ与えられる信頼を嬉しいと感じるが、純粋な青葉がいいように使われないか心配であった。

「これが青葉様のお仕事なのですか？」

「そうだ。天狐は人の道しるべとなる。今後どのように動くのが正解か。誰と取引すべきか。株の値動きまで、依頼内容は多岐にわたる。その依頼者の行く道を示すのが天狐の役割だ」

「なんというか、思っていた以上にすごいのですね。ですが、それほどのお力だと、求める方も多いでしょうに」

「ちゃんとした審査がある。数多くの審査をクリアした者だけが、ここまでたどり着けるんだ。まあ、その中に親戚は含まれていないがな。真白の生家である七宮をはじめ、華宮とその分家の家々は、この天狐の力で古くから政治、経済で成功を収めてきた」

　それは誰もが天狐を大事にするはずだ。天狐さえいたら失敗知らずではないか。すごいという気持ちと同時に怖くもある。

成功が約束されているのだから、砂糖に群がる蟻《あり》のように人がわんさかやってきて、青葉を食いつくしそうだ。

「私が七宮の家で穏やかに暮らせていたのは青葉様のおかげだったのですね」

　七宮の事業が安定していた裏には天狐の力が確かにあったのだと、感謝とともに、知らぬうちに青葉に守られていたと申し訳なさが浮かんでくる。

「ありがとうございます」

自然と湧いてくる感謝の言葉に、青葉は照れくさそうにした。

「俺の力が真白の糧になっていたのなら、天狐の宿主になったのも悪くはないのかもしれない」

その時、青葉が突然片手で顔を覆った。

「どうかされましたか？」

「いや。天狐の力を使うと少し疲れるんだ。寝たら治る」

やはりそんな便利な力、なんの代償もなく使えるわけではないようだ。

真白は心配そうに青葉をうかがうが、力を使うのはよほど大変なのか、本当にしんどそうだ。

真白はそうだと閃いた。

「青葉様」

正座をした自分の足をトントンと叩く。

疑問符を浮かべる青葉を無理やり掴み、頭を膝の上に乗せる。

「膝枕をしてあげます。お母様も昔、私が眠くなるとよくしてくれたのですよ」

真白は母親を思い出してふふっと嬉しそうに笑ったが、青葉からの反応がない。

様子をうかがうと、硬直していた。

「嫌でしたか？」

人には好き嫌いもあるし強引すぎたかと反省する真白は、膝枕をやめようとした。

しかし、青葉は慌てて止める。

「嫌ではない。ただ、膝枕なんて初めてされたから、ちょっと驚いただけだ。真白がつらくないならこのままでいてくれ」

「ええ、もちろんです！」

昔母親が真白にしてくれたように、膝の上に乗った青葉の頭を撫でると、青葉は嬉しそうにした。

「膝枕とはいいものだな」

はにかみながら見上げる青葉に、今さらになって真白はなんと大胆なことをしてしまったのかと我に返り恥ずかしくなってきた。

どうも衝動的に動くきらいがあるところは直した方がいいかもしれない。そのうちにとんでもないことをやらかしそうである。

「そ、そうでしょう？　膝枕が必要になったらいつでも言ってくださいね」

動揺を隠すように早口になる。

「そうだな。でも真白も必要なら言ってくれ。次に真白が疲れた時には俺が膝枕をするからな」

「あ、ありがとうございます……」

膝枕をされている自分を想像して動揺する心の内を悟らせないように、真白は穏やかに笑った。ちゃんと隠せていたかは分からないが……。

しばらくすると、疲れからか青葉はそのまま寝てしまった。

けれど、熟睡する青葉をどかすにどかせなくなり、結果、猛烈な足のしびれに悶えることになった。

膝枕にこんな落とし穴があるなんて……と、くしくも母親への感謝を覚えたのだった。

そうこうしている間に真白の部屋は無事に青葉の隣の部屋に移動され、青葉は大層喜び、逆に真白は夜ちゃんと眠れるかとドキドキする感情を持て余して心配になった。

六章

そして、結婚式の前日を迎える。

式はこの屋敷の中で行われるため、一族の者が島の内外から集まってくるようだ。

真白はあらかじめ参加者リストに目を通して、頭に叩き込んでいた。

一族の者と言っても、顔も名前も知らない血縁者は多くいる。一応真白も上流階級の家の娘としてパーティーなどの社交界に顔を出してはいたが、華宮の本家や分家の一族全員と会ったわけではない。

血がつながっただけの他人同然の者は少なくない。

今日の結婚式にはそんな見知らぬ一族も呼ばれているので、ある程度は知っておいた方がいいだろうと必死に覚えようとしているのに、青葉ときたらどうでもよさそうに真白の邪魔をしてくるので困った。

膝枕をして以降、仕事で天狐の力を使うと、真白のところへやってきては疲れたからと膝枕を要求してくるようになった。

足がしびれるので困るのだが、お願いする時の青葉の捨てられた子犬のような顔を見てしまうと嫌と言えなくなる。

そこに白良まで参加して真白の膝を取り合うのだから、さらに困ったものだ。

最初消滅させられそうになった白良は青葉を恐れている様子だったが、真白の前では危害を加えられないと学習してからは、まるで兄妹のように喧嘩している。

喧嘩の理由は主に真白の取り合いだ。そんなやりとりが真白にはとても微笑ましく、平和に映った。

今は真白の争奪戦に勝利した白良が真白の膝に頭を乗せてご機嫌に寝ている。

白良を恨めしそうに見ている青葉は、表情が豊かになったと葵子をはじめとした使用人たちから喜ばれていた。

それが事実なのだとしたら真白も嬉しい。

そんな騒がしくもほのぼのとした毎日を過ごしていたらあっという間に日は過ぎ去り、もう明日には結婚式かと思うと、家を出てからの怒涛のごとき日々を思い返してなんとも言えない気持ちになる。

「……やはりというか、当然なのですけど、華宮という苗字の方ばかりなので誰が誰だか分かりづらいですね」

真白は眉間に皺を寄せながら参加者リストに目を通していた。

「覚える必要はない。顔を合わせないし、直接話したりもしないんだからな」

「そうなのですか？」

真白はどのような結婚式になるのか聞いていなかった。

前日だというのにのんびりしすぎであるが、誰もツッコまないのでそのままだ。

「以前仕事で依頼人が通された広間があるだろう？　式はそこで行われる」

依頼者がいた広間は確かに百人ぐらい余裕で入りそうな広さがあったので、招待客全員を集めるのにはよさそうだと真白は思い浮かべる。

「依頼人と接した時と同様、あそこにある御簾は下ろしたままにするから、俺と真白の姿は招待客から見えない」

「そうなのですね」

「会話もしない。すべて人を通して俺の意思が伝えられる。中には俺への耐性がない者も多く来るし、次々気絶されては困るからな」

「確かに大変な騒ぎになりますものね」

バタバタと倒れられたら結婚式どころではなくなる。

青葉の姿と声は隠すのが最善だろう。

「それに、あそこにある御簾は特別なもので、天狐の力を抑制する効果があるらしい」

「まあ、そんな便利なものだったのですか？」

「これまで周りを気絶させていたのは天狐の力のせいだと聞いた。その力は声にも含まれていて、ではなぜ依頼人たちは気絶しないいかと気になったから千茅に質問してみたら、そんなことを教えられた」

「そうでしたか」

真白も少し疑問に思っていたので、青葉の話ですっきりした。

「なら、結婚式中に倒れる方は出ないのですね。安心しました」

恐らく一生に一度の式となるのだから、つつがなく進めたい。

「けれど、姿が見えなくて結婚式の意味はあるのでしょうか？」

「一応は結婚すると伝える場を設けておく必要があるらしい。面倒だけど」

言葉の通り不満そうな顔をする青葉に、真白はクスクスと笑った後、残念そうにする。

「せっかくの着物をお披露目できないのは悲しいですね」

結婚式のために葵子と朱里と一緒に着物を選んだのに、誰にも披露できないとは。

「真白の着物は俺が見るからいいんだ。それに父親には会うだろう？」

「ええ、そうですね。許されるなら青葉様をちゃんと紹介した上で、お父様に着物姿を見ていただきたいです」

果たしてあの父親が素直に結婚を許してくれるかは別にして、ちゃんと青葉は素敵な人だと伝えたい。

父親のことを考えていたら、ふと青葉の家族が気になった。

「青葉様のご家族はどうされるのですか？」

少し気を遣いながら、もし青葉が拒否反応を示したらすぐに違う話題を振れるように注意して問いかける。

「……一応来る予定だ」

やはり青葉は家族へ複雑な感情を抱いているようだ。憂いのある表情で、リストに載っているある名前を指差した。

片方は女性の名前。もうひとつは男性と思われる。

「こっちが母親。そして、紫月《しづき》が俺の兄だ」

華宮紫月。優秀だという青葉の兄。

「青葉様は大丈夫ですか？」

「別に問題ない。どうせ話すことなんてないんだから」

そうは言っているが、青葉からは緊張が伝わってくる。やはり平静にとはいかないのだろう。

「最後にお会いしたのはいつなのですか？」

「……天狐に選ばれた日が最後だ」

真白は驚いて目を見張る。

青葉が天狐に選ばれたのは五歳だ。そこから会っていないとは、さすがに思っていなかった。

「じゃあ、お兄様のお顔などは」

「今はもう覚えていない」

「それは……」

普段は鈍感と言われる真白でも、言葉をかけられない。下手をすると青葉の心を傷つけてしまいかねないと危ぶんだ。

その場に沈黙が落ち、真白が言葉を失っていると、真白の肩に青葉が頭を寄せた。

「常に母親から期待される兄を羨ましいと思ってた。だが、同時に憧れでもあったんだ。俺にはできないことを軽々とこなしてしまうあの人は自慢だった。なのに、どうしてだろうな。なにをどこで間違ったのだろうか……」

沈んだ青葉の声に真白まで元気をなくしそうだ。

「青葉様はお兄様に会いたいのですか？」

「今は別にいい。昔の家族などなくても、俺は気にしない。これからは真白が俺の家族になってくれるのだから」

「……ええ。明日には青葉様の家族ですよ」

落ち込んだ子供を慰めるように、真白は青葉の頭を優しく撫でた。

こんなことで青葉の気持ちが安らぐなら、いくらでも撫でよう。

結婚式当日。

真白は朝早くから起きて、結婚式の準備をしていた。

綺麗に化粧をされ、髪を結い上げ、着物を着付ける。ひと仕事を終えた使用人たちは満足そうだ。

青葉も今頃準備をしているだろう。

「お綺麗ですよ、真白様」

「うん。真白きれー」

朱里はうっとりとした顔で褒め、白良は目を輝かせて真白の周りをうろうろしている。

この日のために散々悩んで用意した白無垢は、真白の優しげな雰囲気にもぴったりで、より可憐《かれん》に見せている。

「最後にこちらを」

朱里が持ってきたのは狐のお面だ。それを髪に飾るように斜めにつける。

天狐の宿主と結婚する時の必需品らしい。

代々使われていて、かなり年代を感じさせる。

物珍しそうに鏡に映ったお面を見ていると、葵子が部屋に入ってきた。

「真白様。お父様がおいでですよ。お式の前にお会いしたいそうですが、どうされますか？」

「会います」

真白が即答すると、葵子は部屋を出ていき、しばらくしてから父親が入ってきた。

もうすでに半泣きである。

「あらあら、お父様。泣くのは早いのではないですか？」

「これが泣かずにいられるか。こんなに早く嫁にやるつもりはなかったのに～」

まだ言っているのかと、真白はあきれる。

本格的にえぐえぐと泣きだした父親に苦笑する真白は、朱里に視線で訴える。

すると、心得たというように頷き、他の使用人たちとともに部屋を出ていった。

そのおかげで部屋には父親とふたりきりになった。

「どうですか、お父様？」

「ううっ。もちろん綺麗だ。お前のお母さんとの結婚式を思い出すよ。お前ときたらだんだん似てくるんだから、よけい悲しいじゃないか」

「ありがとうございます」

真白は微笑む。母親と似ているなんて最高の褒め言葉だ。

「真白……。本当に結婚するのか？」

父親は真白のどんな小さな表情の変化も見逃さないというようにじっと見つめる。

けれど、真白が浮かべたのは、心から幸せを感じている微笑みだった。

「はい」

さすがにそんな笑顔を見てしまったら父親も反対できなかったらしい。

「そうか……」

肩を落としながらも、駄目だとは言わなかった。

「これもまた運命なのかもしれないな……」

気落ちしながら父親は口を開く。

「真白。お前のお母さんはな、華宮の中でも特別な血筋の者なんだ」

「特別とは？」

そんな話、これまで聞いた覚えはなかった。

「その昔、天狐と契約した初代の宿主には三人の子供がおってな。そのひとりは本家となり、もうひとりは分家として本家を支えた。そして最後のひとりは、天狐が宿ったことによって強い霊力を得た初代の血と力を色濃く継いでいた。その血を絶やさず、薄めることのないよう受け継いできたのが、お前のお母さんだ」

「そんな話は初めて聞きました」

「まあな。華宮の中でも一部しか知らない話だ。私もお前のお母さんと結婚してから聞いたぐらいだ」

母親がそんな特別な人だなんて初めて聞いた。

「お前は青葉様の天狐の気を前にしても動じなかったそうではないか。お母様の血筋の中には天狐の力への免疫を持って生まれてくる者が他の分家より多いそうだ。そんな者がそばにいると、周囲へも影響を与えると聞いた」

もうすでに涙をどこかにやって、父親は真剣に話している。

「真白がいることで天狐の気を鎮め、周囲の者も過ごしやすくなっているのではないか？」

「そう言われてみたら……」

最初こそぶっ倒れる者が続出して大騒ぎとなっていたのに、最近では多少怯えつつも天狐の気に慣れて普通に接するようになってきていた。

それを使用人たちは努力の結果だと大いに盛り上がっていたが、父親の言葉を信じるなら、真白がそばにいたからのようだ。

「先代より遥かに強い力を持つゆえに周囲への影響が大きい青葉様とお前は、なるべくして夫婦となるのかもしれないな」

そう言って笑う父親はどこか寂しそうだった。

「幸せになりなさい。お前のお母さんも天国でそう願っているはずだ」

「はい」

真白は精いっぱいの笑みを浮かべた。

「あ、それと青葉様にお会いになりますか？　結婚のご挨拶をしたいと青葉様もおっしゃっていましたし」

その言葉を聞いた瞬間、父親の表情が変わる。

「嫌だぁぁ！　娘さんをくださいなんて言われるのはまだ耐えられないぃぃ!!」

父親は脱兎《だっと》のごとく逃げ出し、真白はあきれ果てた。


いよいよ式が始まる。

緊張して手汗が浮かんできた真白とは違い、動じる様子もなく毅然とした面持ちでいる青葉は、真っ白な羽織と黒い袴を着ている。

頭には真白と同じ狐のお面をつけていた。

まだ二十二歳とは思えない堂々とした青葉の姿に、真白の心も高鳴る。

表情も変えないいつもより凛々しさ三割増しの青葉は、慣れてきた使用人ですらくらりとさせ何人か気絶させていた。

真白のおかげで天狐の気を鎮めていると先ほど父親から母親の血筋の話を聞いたばかりだが、本当に自分にそんな影響力があるのか疑問に思えてきた。

それとも、天狐の気がどうこうではなく、青葉自身の魅力が勝っているからなのだろうか。

あくまで予想でしかないが、納得してしまうほど今日の青葉は美しく、品格があった。

「華宮青葉様、並びに花嫁・七宮真白様のおなりです」

千茅の呼びかけと鈴の音とともに、真白と青葉は広間へと入っていく。といっても、御簾でふたりの姿は隠されているため、向こうからは見えない。

けれど、真白側からは招待客の姿がしっかりと見えていた。

最前列には父親の姿があり、すでにタオルが絞れそうなほど号泣していて周りから変な目で見られている。

「あれが真白の父親だな」

そう囁《ささや》く青葉は、なんとも言えない表情を浮かべている。

父親の涙は嬉しさからか悲しさからか分からなかったが、どちらにしろ真白はちょっとだけ他人のフリがしたくなった。

御簾で見えないおかげもあってか緊張も和らいできた真白が隣を見ると、青葉と目が合う。

そしてニコリと微笑みかけられ手を握られる。

そんな青葉の行動に真白は頬を染めるも、握られた手は離さないまま、式は滞りなく進んだ。

式は思っていたより簡素なものだった。

お酒が入ったひとつの杯を交互に飲み交わす。しかし、その姿は御簾で隠れて見えないので、きっと招待客には中でなにが行われているか分からない。

代わりに、要所要所で千茅から説明が入る。

「ただいま、おふたりによって杯が飲み交わされました」

その瞬間、招待客がいっせいに頭を下げた。

「これよりいっそうの忠誠を天狐様に捧《ささ》げ、お仕えしてまいります」

そんな文言が、式の終わりを告げる言葉となった。

鈴の音がシャンシャンと聞こえてくると、退場の合図だと教えられた真白は差し出された青葉の手を取ってゆっくりと立ち上がる。

その間も頭を下げたままの招待客を見回し、この中のどこかに青葉の家族がいるのかと思うと少し複雑な気持ちになった。

「天狐様、並びに花嫁真白様の退場です」

そのまま真白と青葉は広間から退出した。

どうやらこの後は祝い膳が振る舞われ、招待客だけで会食が行われるらしい。真白と青葉は別室で祝い膳を食べるようだ。

真白が知る結婚式とは違って、拍子抜けする。

「なんだかあまり結婚式をした気がしませんね」

てっきり披露宴のようなことをするのかと思ったが、本当に最初から最後まで真白と青葉の姿が招待客に披露されることはなかった。

「そうだな。だが、過去の宿主の結婚式はすべてこのようなものだったらしい。しきたりだと千茅が言っていた」

「それなら仕方ありませんね」

しきたりを真白の一存で変えるわけにはいかない。

それによく考えれば、あの場にいた人たちのほとんどが見知らぬ親戚。

知っている者も含まれていたが、真白にとって親戚とは、父親を無理やり再婚させた嫌悪感を覚える相手だ。そんな人たちにニコニコと愛想を振りまきたくないという気持ちが心の片隅にあった。

せめて友人が出席してくれていたら楽しめたのだろうが、秘匿された天狐の屋敷に連れてこられるはずがない。

一生に一度の式なのに、少々不満の残る結果となった。

しかし別室に用意された絢爛《けんらん》豪華な祝い膳を目にした真白は、そんな思いなど、すこーんとどこかにやってしまう。

「すごいです！　感激です！」

「そうでしょうとも。おふたりの門出を祝う料理とあっちゃあ手は抜けませんからね」

料理を作った玄がドヤ顔で胸を張っている。

「じゃあ、わしは客たちの料理を作ってる料理人たちの最終チェックに行かにゃあなりませんので、失礼します。ゆっくり味わってください」

「ありがとうございます。玄さん」

部屋を出ていったのを見届けると、真白と青葉は席に着いた。

「美味しそうですね、青葉様」

「そうだな。かなり手が込んでいる」

普段から玄の作った最高の料理を食べている青葉すらも感嘆させる見た目にも豪華な料理に、ふたりは早速箸を伸ばし舌鼓を打った。

「お父様がやけ酒をして暴れないといいんですけどね」

真白の不安が的中していたのを知るのは、すべてが終わった後だった。


料理を食べ終えた真白は、服を着替えてひとりで庭を歩いていた。

「少し食べすぎてしまいましたね」

ぽっこりしたお腹を擦りながら歩いていると、庭にひとりの男性がいた。

寂しそうに金木犀を見上げる男性に声をかける。

「綺麗でしょう?」

はっとしたように顔を向ける男性は、二十代半ばといったところだろうか。

黒い髪に黒い瞳を持ち、顔立ちは非常に整っており、真白のよく知る誰かを連想させた。

男性は真白に体を向け丁寧にお辞儀する。

「すみません。綺麗だったものでついつい中の方まで入ってきてしまいました。すぐに戻ります」

「いいと思いますよ。こんな見事に咲いた金木犀を見る機会なんて滅多にありませんから。私も最初見た時は、あまりの美しさに目が離せませんでした」

真白がほんわか笑うと、男性も緊張していた顔を緩めて釣られたように笑う。

「そうですよね。この屋敷には何度か来たはずなのに、こんなに綺麗だったと今さら気づきました」

「今日の出席者の方ですよね？」

「ええ。華宮紫月です」

やはり、と真白は小さくつぶやく。

目の前の男性を見た時から青葉に似ているなと思ったのだ。

今日来ている者は皆親戚なので似ている者がいてもおかしくはないのだが、顔の造りというか血の濃さを感じさせられた。

「ご存知かどうか分かりませんけれど、今の天狐の宿主は俺の弟なんですよ」

「存じております」

真白は特に驚いたりもせず、返事をする。

自分が今日妻になった者だと挨拶しようとする前に、紫月が口を開いた。

「もしかしたら弟に会えるかもしれないとはるばる来たのに、まさか御簾で姿も見えないなんて思いませんでした」

紫月は真白に向かって苦笑いすると、再び金木犀に目を移す。

「俺はどうしようもない兄なんです。弟が助けを求めている時に俺は無視した。俺たちの母親も親としては最悪な人でね、ああいうのを毒親っていうんでしょうか。俺が少し人より優秀だと知るや期待を一心に向けてきて、その代わり弟をないがしろにした」

紫月はなぜ初対面である真白にこんな話をするのだろうか。

青葉の花嫁と知ってか知らずか、話は続く。

「弟は母親の犠牲者です。そして、俺も母親と同じ加害者だ。自分の身かわいさに弟の存在をなかったことにした。怖かったんです。弟のように母親からの関心がなくなるのが。そんな俺がいったいどの面下げて会いに来たんでしょうね。ほんと馬鹿すぎる……」

「後悔しておいでなのですか？」

「後悔……。そうかもしれません。あの時守れなかった愚かで弱い自分を、弟に許してほしかったんだと思います」

紫月は決して金木犀から目を離さずに語り続ける。

「俺が天狐に選ばれるべきだった。たった五歳ですよ。たった五歳であの子はすべてを失った。得たものもあるかもしれませんが、失ったものの方が大きいはずだ。少なくとも、こんな寂しい場所にひとり置いていかれずに済んだのに。あの子を不幸にしてしまった」

紫月の表情は青葉への懺悔《ざんげ》と優しさに満ちていた。

真白は紫月に近付く。そしてニコリと微笑みかけ、紫月の顔に手を伸ばして、おもむろに頬をぐにっと摘んだ。

その行動に紫月は驚く。突然なにをするのかと怒ってもおかしくないのに抵抗しなかった。

代わりに、真白が目を吊り上げて怒る。

「おっしゃる通り、あなたは馬鹿ですね。そして、なんて傲慢なのでしょうか。青葉様が不幸？　すべてを失った？　今の青葉様をなにも知らないあなたが、どうして決めつけるのですか？」

「だが、噂では恐れられひとり寂しく暮らしていると……」

「過去そうだったのは否定しません。けれど、今はもう青葉様はちゃんと愛されていることを知っています。なにを勝手にかわいそうな子にしているのです？　あなたの妄想で青葉様を不幸な子にしないでください」

使用人たちと会話も多くなった青葉は生き生きしていて、不幸とは無縁の顔をしている。

それ以前の青葉を真白は知らないし、五歳という年齢を考えると確かにつらい状況ではあっただろう。

けれど少なくとも今の青葉は笑っている。穏やかな表情で日々を過ごしている。

「しかし……」

「まだ言いますか。どうやら片方の頬だけでは足りないようですね」

真白は空いたもう片方の頬にも手を伸ばしてぐにっと摘む。今度はちょっと強めにしたので、紫月は少し顔を歪めた。

このまま左右に伸ばしてみようかと真白が考えていると、「真白！」と怒鳴る声が聞こえてきた。

振り返れば、恐ろしい顔をした青葉が走ってくるではないか。

真白はこのまま青葉と紫月を会わせていいものか迷ったが、今さらどうすることもできない。

青葉はそばまで来ると真白を抱き寄せ、紫月をにらみつける。

警戒心むき出しのその表情に、青葉がかなり怒っているのが手に取るように分かった。

「貴様。真白になにをしていたんだ！　俺の真白に危害を加えるというなら俺が相手になるぞ！」

「えっ、青葉様!?」

青葉は盛大なる勘違いをしている。むしろなにかしていたのは真白の方だ。真白が紫月をつねっていたのを見ていなかったのか。

現に紫月の両頬はほんのり赤くなっていた。

すると、青葉を止める隙もなく重苦しい威圧感が周囲を圧倒する。その矛先は紫月に向けられており、胸を押さえて苦しみだした。

「う、ぐあっ……」

かきむしるように胸を押さえる紫月に、真白は慌てた。

「青葉様、いけません。この方はあなたのお兄様ですよ」

必死になって揺さぶる真白の言葉に、青葉は固まる。

「え？」

「私はなにもされていません。お兄様と青葉様の話をしていただけです。お兄様がどれだけ青葉様の身を案じておられるか、じっくりと聞いていたのですよ」

信じられないのか、青葉は疑いの眼差しだ。

「お兄様は青葉様が心配で心配で、夜も眠れぬほど心配で今日ここにやってきたようです。大好きな青葉様をひと目見ようと、わざわざですよ。お祝いの言葉を伝えんがために来たのに青葉様の顔すら見えなくて、こちらでひとり落ち込んで泣くのを我慢しておられたのです」

「いやいや、俺はそこまで言ってませんけど!?」

紫月から鋭いツッコミが入るが、真白は笑顔で黙殺した。紫月の慌てようなど真白の知ったことではない。

「よかったですね、青葉様。青葉様も言ってらしたもの。お兄様は自慢だ、憧れの人だと」

「えっ……?」

真白の言葉に紫月が信じられないという顔で固まった。

「なんだかんだ両思いだったのですねぇ。私は兄弟がおりませんので羨ましい限りです」

実家には莉々がいるが、父親と養子縁組がされていないので姉妹とは言いがたい。

真白は仲良くしたかったのに、結局できないまま結婚となってしまった。

だからこそ、思い合っているなら誤解を解くべきだと真白は思う。

「似た者兄弟なのですねぇ」

のほほんとした緊張感のない顔で笑う真白に翻弄されるふたりの兄弟。

同じ反応をするふたりに、血のつながりを感じた。

「ほらほら、少しおふたりでお話してみてはどうですか？」

一方通行ではないのなら、子供の頃とは違う、きっと別の関係性を作れるのではないだろうか。

けれど、変なところが似ているのか、気まずいだけなのか、お互いチラチラと相手をうかがいながらも言葉を発しない。

やはり少し強引すぎただろうかとさすがに反省しだした真白が、仲介しようとしたその時。

「紫月、そこでなにしているの？」

着物を着た中年の女性が歩いてきた。綺麗に整った眉を寄せて、眉間に皺を作っている。

「母さん……」

紫月のつぶやきで、彼の母親であることが分かった。

紫月の母親ならば、青葉の母親でもある。

青葉をうかがうと、顔が強ばっていた。先ほど紫月に見せていた、どこか戸惑いつつも気になって仕方ないという感じではなく、できれば会いたくなかったと訴えるような怯えた目。

「紫月、こんなところにいないで広間に戻りなさい。せっかく一族が集まっているのだから、ちゃんと顔を売っておかなければ駄目じゃない。あなたの今後のためにも必要なことよ」

母親は、まるで目に入っていないかのように青葉の横を通り過ぎる。その特徴的な髪と瞳の色を見れば、天狐の宿主となった自分の息子であると分かるはずなのに。

存在自体を否定するかのような態度に、真白のお節介心が燃えた。

行く手を阻むように青葉の母親の前に立つと、にっこりと微笑む。

「初めまして。青葉様のお母様ですね。真白と申します」

丁寧に挨拶をすると、鬼の形相でにらまれた。

「青葉様のお母様にお会いできて嬉しいです。このたび無事に妻となりまして、一度ご挨拶せねばと思っておりましたの」

おっとりと微笑む真白に、母親は一瞬だけ青葉を見た。

「青葉？　そんな化け物など知らないわ」

氷のように冷たく凍った言葉の刃が青葉を突き刺す。

痛みを覚えた表情を浮かべる青葉を目にした真白は腹立たしさを感じた。

真白自身が父親と母親の愛情をいっぱいに受けて育ったからこそ、青葉の母親が許せなかった。言葉でも人を傷つけられるのだ。

「あら、青葉様が化け物と言うなら、そんな青葉様を傷つけるあなたはどんな化け物なのでしょうか？　さぞ醜い化け物なのでしょうね」

「なんですって!?」

「私、楽しみにしていたのですよ？　心の美しい青葉様のお母様ならきっと同じように美しい方だろうと。それなのに、こんなに醜悪だなんて残念です。ええ、本当に残念でなりません」

見た目は笑顔なので分かりづらいが、真白は過去にないほど怒っていた。なので、ガンガンに煽りに行く。

そうすれば、顔を赤くするほどに怒りを爆発させた青葉の母親が手を振り上げる。

その矛先は当然真白だったが、真白の笑顔は変わらない。

来るなら来いという気持ちで待ちかまえていたが、その手は振り下ろされた瞬間、真白に届く前に青葉によって防がれた。

己の母親の腕を掴む青葉は、これまでにないほど冷淡な表情をしている。

「離しなさい！　この化け物！」

まだ言うのかと逆に笑みを深くして怒る真白。

そんな真白に気づかず、青葉は母親を見据える。その目には先ほどまであった怯え

はない。

「……これまでずっと期待していた。いつか迎えに来てくれると。俺を見てくれる

と。……だが、俺の大事な真白を傷つけようとするお前などもういらない。真白を害

そうとする者は誰だろうと許しはしない。たとえ俺の母親だろうと」

静かな、そして落ち着いた青葉の声が、金木犀の花が落ちる中で響く。そして、振

り払うように母親の腕を離した。

「真白……」

今度は甘える子犬のように真白を抱きしめると、再度母親に顔を向ける。

「そんなに俺が必要ないというなら縁を切ってやる。天狐の宿主の家族に与えられて

いた特権とともにな」

途端に青葉の母親の顔が引きつった。

天狐の宿主の家族には、一族からいくつもの特権が与えられている。

一番大きいのは金銭的な援助だろう。

それによって青葉の母親が手がけている事業がなんとか利益を出せているというの

は、ここに来てから葵子がこっそり教えてくれた話だ。

援助がなくなったら、かなり危うくなるだろうとも。

「ま、待って。待ってちょうだい。嘘よ。化け物なんて冗談よ。本気にしないでちょうだい。あなただって私のかわいい子供よ」

分かりやすいほどに態度を豹変《ひょうへん》させる母親に、青葉だけでなく紫月も冷たい目を向けた。

「子は親を選んで生まれてこられない。だが、生まれは変えられなくとも、その後どう生きるかは選べる」

「待って、待ってよ」

「出ていけ。そして金輪際目の前に現れるな。さもなくば……」

地を這《は》うような低い声で脅すと、青葉の後ろに巨大な狐が現れた。

あれは以前に真白を襲った狐だ。つまり白良だろう。

白良は恐ろしい獣の姿となり、唸り声をあげて青葉の母親に飛びかかった。

「ぐうぅぅあぁぁ！」

「きゃあぁぁ！」

ただの狐ではない、妖力を持った威圧感を与える白良に怯えた青葉の母親は、悲鳴をあげて逃げていった。

そしてそのまま屋敷の外まで追い出したらしい。

「よかったのですか？」

あれだけ煽っていた真白が言う言葉ではないかもしれないが、一応の確認だ。

「ないものねだりはしない。今の俺には真白がいるから……」

青葉は大切なものに触れるかのように、真白の手を握った。

「真白が叩かれなくてよかった。真白のことは俺が守る。だから、真白を傷つけようとするなら排除するだけだ」

真剣な眼差しで告げる青葉の頼もしい言葉に真白は照れ笑いした。


結果として、青葉は両親への援助その他の恩恵を絶ったようだ。

それにより窮地に陥ったのは青葉の母親だ。どうやら天狐を怒らせたらしいという噂が光のスピードで駆け抜け、他方から責められたそうな。

青葉を化け物と無視し、兄が選ばれるべきだと罵っておきながら、天狐の宿主の母親として一族で大きい顔をしていたらしく、今は身の置き場に困っているようだ。

自業自得といえばそうなのだろう。

それを受けて、紫月もようやく母親と距離を置く決心がついたらしい。結婚式も終わったある日、唐突に屋敷へやってきた。

「ここで働かせてくれないか？」

その希望に驚いたのは弟である青葉だ。

「償いというわけじゃないが、これまでできなかった弟孝行をさせてくれ。もちろん、青葉が俺を受け入れてもいいと思ってくれたらだが……」

上目遣いで不安そうに顔色をうかがってくる紫月の表情は、青葉が真白にお願いをする時の顔にそっくりだった。

真白は青葉の隣でクスクスと笑い、青葉の袖をちょんちょんと引っ張る。

青葉は兄の予想外の申し出に緊張して固まっていた。

「嫌ならいいんだ。すぐに帰るから」

しゅんと落ち込んだ顔をする紫月。

「そっ！　そんなことはない……。よろしくお願いする」

青葉は弾かれたように否定してから、気まずそうに視線をさまよわせながらわずかに頭を下げた。

「ああ」

破顔一笑した紫月に、青葉は挙動不審だ。

まだまだギクシャクした様子がなんだか微笑ましく、真白はにっこりと笑みを浮かべた。

結婚式の余韻も冷め、ようやく落ち着きを取り戻した屋敷では、真白と青葉が手をつないで庭を歩いていた。

握られた手から伝わってくる温もりは真白をドキドキさせるが嫌な感情ではない。

青葉といられる時間は嬉しくもあり、ちょっと戸惑わせもする。

そんな日課の散歩は真白の楽しみであった。

晴れて夫婦となったことで、以前より少しだけ距離が近くなったような気もする。

ふたりはヒラヒラと金木犀の花が舞う中をゆっくりと進む。

「真白が来てからこの屋敷はずいぶんと変わったな」

「ふふふっ。最初の言葉を忘れていませんよ」

開口一番に告げられたあの言葉は恐らく一生記憶に残るだろう。

茶化すように話すと、青葉はあたふたする。

「真白が嫌だったわけじゃない！」

「分かっていますよ。あれがあなたの優しさだって」

少々斜め上の優しさではあるが、相手のためだったのは確かだ。

「過去に戻れるなら今からなかったことにしたい……」

「もう手遅れですね。でも、そういうのも含めて今があるのだと思います」

「そうだな」

金木犀が絶え間なく花開き、舞い散る。
とても幻想的な光景。
遥か昔から変わることのない景色。
きっと数十年後もこうして手をつないで、金木犀が咲く中を歩いているだろう。

完

あとがき

　こんにちは、クレハです。

　以前にスターツ出版文庫様で発売されましたアンソロジー『あやかしの花嫁～4つのシンデレラ物語～』。

　その中に掲載していただきました『嫌われ者の天狐様は花嫁の愛に触れる』という短編だった作品を、このたび長編としてお届けすることが叶いました。

　おっとりした真白と、不器用だけれど優しい青葉の出会いから始まる和風ファンタジーとなっております。

　長編にするにあたり、真白と青葉の背景を深掘りしながら、ふたりの距離が少しずつ縮まっていく過程がうまくお伝えできていたら幸いです。

　同じくスターツ出版文庫様で出させていただいている『鬼の花嫁』のヒーローは強引なほど押しが強いキャラクターなので、じれったい青葉というキャラクターは真逆の性格で、私にとっても新鮮でした。

　それゆえに表現するのも難しくはあったのですが、真白が引っ張っていってくれた気がします。

真白は真白で、幼い頃の悲しい出来事がきっかけで、素直そうに見えて結構頑固なところがあります。

けれど、計算しない青葉の子供のように純粋な素直さが真白の心を癒していってくれるのではないかと思っています。

まだ書き足りないネタは他にもあるので、今後出すことができたらいいなと思っております。

そこはまだ分かりませんが、不器用なふたりのじれったい恋愛模様を楽しんでいただければ幸いです。

最後に、本作を読んでくださいましてありがとうございます。

クレハ

この物語はフィクションです。実在の人物、団体等とは一切関係がありません。

本作は二〇二三年四月に小社・スターツ出版文庫より刊行された『あやかしの花嫁～4つのシンデレラ物語～』に収録の短編『嫌われ者の天狐様は花嫁の愛に触れる』を改題、加筆修正を加え長編化したものです。

クレハ先生へのファンレターのあて先
〒104-0031　東京都中央区京橋1-3-1　八重洲口大栄ビル7F
スターツ出版（株）書籍編集部 気付
クレハ先生

愛を知らぬ令嬢と天狐様の政略結婚

2024年1月28日　初版第1刷発行

著　者　　クレハ　

発 行 人　菊地修一
デザイン　フォーマット　西村弘美
　　　　　カバー　北國ヤヨイ（ucai）
発 行 所　スターツ出版株式会社
　　　　　〒104-0031
　　　　　東京都中央区京橋1-3-1　八重洲口大栄ビル7F
　　　　　出版マーケティンググループ　TEL 03-6202-0386
　　　　　（ご注文等に関するお問い合わせ）
　　　　　URL　https://starts-pub.jp/
印 刷 所　大日本印刷株式会社

Printed in Japan

ISBN　978-4-8137-1536-8　C0193